純子

赤松利市

双葉文庫

一

純子《じゅんこ》には二歳になる前の記憶がある。純子自身は、それを特別なこととは思っていない。誰にも語ることはないが、純子には、二歳になる前の記憶が慥《たし》かにある。

ゆらり　ゆらり　ゆらり　ゆらり

パキン　パキン　パキン　パキン

純子の記憶は朱色の炎から始まる。母が風呂を焚きつける竈《かまど》の暖かい炎の色だ。

昭和三十三年一月。

竈前に蹲《つくば》う母の膝に純子は背中から抱かれていた。炎の熱で、幼い純子の頬は火照《ほて》っていた。背中は母の温もりを感じていた。薪が爆《は》ぜる音も、舞い散る火の粉の瞬時の輝きも、湿った炎の燻《いぶ》す臭いも、純子は慥に覚えている。

不意に母が立ち上がった。

炎から引き剥がされて、純子は、忽《たちま》ち冬の冷気に包まれた。

身体を翻《ひるがえ》らせて幼い手で母にしがみついた。母は純子を抱きかかえて裏の畑に足を運んだ。百姓の経験がない祖母が、片手間に世話をしている畑には、収穫に至らなかった貧弱な白菜が霜腐れしていた。

母は裏の畑の一隅にある古井戸で足を止めた。言葉にならない声で純子に囁いた。嗄《か》れた声だった。幼い純子には、それが小さな歯軋りのようにも聞こえた。未だ言葉を満足には解さない純子だった。

古井戸は厚い板切れで蓋《ふた》がされていた。蓋板には大きな重石が何個も置かれていた。ひとつひとつが、純子の頭より大きい重石だった。重石には苔が生《む》していた。母の目線はそれらを凝視していた。

純子は地面に下ろされた。母の温もりから距《へだ》てられた純子の体温は、呆気ないほど容易く、凍りついた冬の大気に奪い取られた。

チキッ　チキッ　チキッ　チキッ
奥歯が激しく鳴った。忘れられない寒さが純子の記憶に刻まれた。

漸《ようや》く歩けるようになったばかりの純子は裸足だった。頬と変わらないくらい柔らかい足裏に覚えた地面の冷たい痛みの記憶も慥にある。膝の震えが足裏に落ちて、凍った地面を踏み躙《にじ》る動きになった。純子は、平衡を失って地面に尻をついた。

助けを求めて純子は両手を母に伸ばした。抱きかかえて欲しかった。しかし母の目線は純子を無視して、井戸を凝視したままだった。

すでにそれ以前から――純子が産まれる前から――様子のおかしな母だった。虚《うつ》ろだが、狂気を漂わせる眼差しで井戸を凝視する母だった。

やがて母は、蓋板の重石のひとつを、両手で抱えて持ち上げた。そしてそれを、無造作に地面に落とした。その作業を繰り返した。

――ン　――ン　――ン

重たい振動が純子の尻から脊髄を伝い登った。

容赦のない寒さに身を震わせながら、純子は母を見上げていた。表情がない母の頬に朱が射していた。純子が見上げる母の背景には、一面、鈍色《にびいろ》に暮れ泥《なず》む平板な冬の空があった。風は流れていなかった。空も大気も凍り付いていた。すっかり葉を落とした柿の木の枝がシルエットになって、凍った空にひび割れを描いていた。

重石を取り除いては地面に落とす母の額に、うっすらと汗が滲んだ。母の汗の臭いが純子の鼻孔を刺激した。母に抱かれて眠る毎夜の蒲団《ふとん》を思い出した。蒲団の温もりに包まれたいと思った。

重石を取り除いた母の手が蓋板の縁を摑んだ。蓋板は一枚ではなかった。幾枚かの厚板で井戸は蓋をされていた。

母が、いちばん端の蓋板を剝がし始めた。朽ちかけた蓋板は井筒に貼り付いていて、容易に剝がれなかった。母は、痩身《そうしん》を仰け反らせて抗う蓋板と格闘した。

ックゥ　ックゥ　ックゥ　ックゥ

短い息を吐きながら、母は、反らした身体を前後に揺さぶった。母の息が小さな白い塊になった。それを次々に吐き出しながら、母は、身体を揺さぶる動作を繰り返した。

その動きと声に純子の気持ちが反応した。母の揺さぶりに合わせて小さな身体を揺り動かした。

メリッ　メリッ　メリッ　メリッ

ミシッ　ミシッ　ミシッ　バキキ

一枚目が音を立てて中途から割れた。母の動きが止まった。割れた板切れを、感情のない眼で暫く見つめた。すぐに興味を失って背後に投げ棄てた。割れ目が鋭く尖った板の切れ端が純子の傍らで弾んだ。

母が、再び蓋板に挑んだ。鋭く尖った板を無造作に掴んだ。

すぐに母の汗の臭いに血の臭いが混じった。

苛立たしげに、母が、両手を空中で振った。手の平に視線を落とし、刺さった蓋板の破片を無表情のまま抜き取った。血の滑《ぬめ》りに苛立って、母は、掌を激しく振ったりした。

母の掌は溢れ出る血で真っ赤だった。色のない景色のなかで真っ赤な掌が舞った。

母が手を振る動きに合わせて、血飛沫が、純子の貌や衣服を汚した。血で滑る手を、母は、野良着で拭ったりもした。土色に汚れた野良着に黒い染みが指の筋になった。

再び母が、蓋板に挑んだ。

メリッ　メリッ　メリッ　メリッ　メリッ　メリッ　メリッ

バキキキキキキ

また蓋板が割れた。

背後にそれを投げ棄てた。
蓋板を三度割って、母は、漸く一枚目の蓋板を井筒から剝がした。
純子の鼻腔が生臭い水の臭いを嗅ぎ取った。そのことで、純子は、母が、一枚目の蓋板を破壊したことを知った。母は、細い肩で大きく息を吐いて、いったん空を見上げて呼吸を整えた。母の背中に達成感が漲《みなぎ》っていた。
ペチ　ペチ　ペチ　ペチ
純子は、小さな手を叩いて母を讃えた。
二枚目。
三枚目。
ギァッ　ギァッ　ギァッ　ギァッ
やおら母が、叫び声をあげ始めた。
井筒から剝がれようとしない、それでも剝がれざるを得ないときには自ら割れて、母に歯向かう蓋板に、母は苛立っていた。貌を歪め、歯を剝き出して、野猿のように叫んだ。純子にはその姿が面白く、自分も小猿を真似して叫び声を上げた。
キァッ　キァッ　キァッ　キァッ
呼応する母子の叫び声が沈黙の山に響き渡った。
ギァッ　ギァッ　ギァッ　ギァッ
キァッ　キァッ　キァッ　キァッ

四枚目。

五枚目。

母は、憑かれたように次々と蓋板を破壊した。純子の周囲に、血に塗れた蓋板の残骸が散乱した。母が蓋板を破壊するごとに、濃厚な水の臭いに純子は包まれた。拡散しない臭いだった。

水そのもののように、臭いは、純子の周囲で水位を上げていった。尻から腰へ、腰から胸に、やがて古井戸の水の臭いの底に純子は沈んだ。

辺りは、そして純子も、母が振り撒いた血飛沫で斑《まだら》に汚れていた。水の臭いと血の臭いが母の汗の臭いを紛らわせた。

純子は疾《と》うに、その遊びに飽きていた。単調な遊びに閉口していた。

母が、血塗れの両手を膝に突いて肩を大きく上下させた。だらしなく開いた口から涎の糸を、地面に垂らしたので、漸くこの遊びも終わりかと安堵した。

次に何をするのかと、純子は、こぶしを握り締めて母を注視した。遊びには飽きたが、水の臭いの底で血の臭いを嗅ぎながら、純子は寒さを忘れかけていた。

母が井筒に両手を掛けて井戸を覗き込んだ。母の上半身が井筒の中に隠れた。自分にも見せてくれと、純子は、両手を母に伸ばしてせがんだ。

ダァ　ダァ　ダァ　ダァ
母が上体を立ち上がらせた。背筋を伸ばして長い息を吸い込んだ。

母の興奮が解けていた。

さらに純子は、力の限り母に向かって手を伸ばした。

ダァ　ダァ　ダァ
力の限り手を伸ばして、指をいっぱいに開いて、言葉にならない声で母に強請《ねだ》った。

母は、純子を無視した。

そして母は――

井戸に身を投げた。

母は、純子を道連れにするつもりだったに違いない。あるいは純子を、井戸に投げ込むつもりだったのかもしれない。重石と蓋板を取り除く作業に、純子の存在を忘れたのだろう。

それが証拠に、爪先を地に着けたまま井戸の上で半身を捻った母は、驚きの色を浮かべ、届くはずがない血塗れの手を今更のように純子に伸ばしてきた。

貌を引き攣らせた母のか細い腕が、宙で意味もなく踊った。

その様がしごく滑稽だった。

キャ　キャ　キャ　キャ
ペチ　ペチ　ペチ　ペチ
幼い純子は手を叩いて燥《はしゃ》いだ。

母が、井筒の向こうに消えた。

ザッブゥン

鈍い水の音が純子の耳に届いた。井戸が、母を呑み込む音だった。

風が渡った。細い風だった。柿の枝は、鈍色の空に貼りついたまま、そよとも揺らがなかった。

再び訪れた寒さと静寂に純子は身を震わせた。

井筒の端に母の指が掛かって、ずぶ濡れになった母が貌《み》を現せるのを純子は待った。笑う用意をして待った。日が完全に暮れて、景色が闇に包まれ、自分の手足さえ分からなくなるまで純子は待った。

しかし母が現れることはなかった。

井筒も闇に呑み込まれた。闇の中で純子は、井戸のなかをゆっくりと沈んでいく母の姿を見た。ひとりではなかった。黒い衣を着た見知らぬ男に横抱きにされ、母は、ゆっくりと井戸のなかを沈降していた。いつまでも、いつまでも、沈降した。

二

あの冬の日のほかに母の記憶はない。想い出はある。それは記憶ではなく、祖母の話で後に補完された想い出だ。

「純子のカアチャンは、気迷うとったんよ。純子は、カアチャンに、よう叩かれよった。

頭といわず、貌といわず、身体といわず、尻も腿も、足の裏まで、ところかまわずカアチャンは、赤子の純子を叩きよった」

祖母は母の真似をして、幼い純子を相手に、乳児の純子が、母に見境なく打擲《ちょうちゃく》される様を再現した。

「あんたや、あんたさえおらなんだら、うちはあの人に棄《す》てられんかったんやけに」

夕食の後の薄暗い居間で、甲高い声で祖母は母を演じ、乳児の純子に見立てた綿のはみ出した煮しめ色の座蒲団を打擲した。綿埃が舞うのも気にせず激しく打擲した。

「男に棄てられて、おかしゅうなっとったんやな。そうでもなかったら、幼い我が子が、息絶え絶えになるほど打《ぶ》てるものやないわ」

そう言ってから再び母の真似をした。

「あんたや、あんたが、全部悪いんやけに。あんたさえおらなんだら、うちはあの人と、幸せになれたんやけに。あんたや、あんたや、あんたが全部悪いんや」

母を演じ、乳児の自分を打つ祖母の様と声色が面白くて、純子は祖母の真似をした。

あんちゃや　あんちゃが　じぇんぶ　あるいんやけに

喚きながら座蒲団を打擲した。嗤《わら》いを堪えられなかった。

キャッ　キャッ　キャッ　キャッ

甲高い声で燥いだ。燥ぎながら乳児の自分に見立てた座蒲団を打擲した。

純子は母と二人で暮らしていたわけではない。土間に畳二間のあばら家には、祖母の他に、祖父も、母の弟である叔父も暮らしていた。二間のひとつが母娘の寝間で、もうひとつが祖父母と叔父の寝間だった。

自分が叩かれている間、祖母ら三人はどうしていたのか。

幼い純子が、そのことに思いを至らすことはない。祖母の演技を交えた昔話を遊びだと、ただ喜び燥いだ。祖母が演じ、純子が燥ぐ背中で、仄《ほの》暗い灯りの下、丸めた背を向けて、無関心に焼酎を啜る祖父と粥を食う叔父だった。

ズズズ　ズズズ　ズズズ　ズズズ

クチャ　クチャ　クチャ　クチャ

舌のない祖父は焼酎をうまく飲み込めない。息で喉に送り込む。大食漢で大男の叔父は、用意された粥の量では足りないので、なかなか飲み下そうとはしない。粥が口中で解けてなくなるまで延々と咀嚼している。

それはそのまま、純子が乳児のころの現実だった。

現実と違うのは、我が子を打擲する母親に背を向けていたのが祖父と叔父だけなく、背を丸めた祖母の、無関心な背中もあったということだ。

三

祖母は異形だった。貌《かお》半分が融けていた。

右半分はまともなのだが左半分がいけなかった。頬骨が破壊され、ちゃんと瞼を閉じることができない目は白濁していた。唇も閉じることができず、砕けた歯が二、三本残っているだけの口内の痩せた歯茎を、黒ずんだ唇から覗かせていた。

「ジイチャンに、えらいこと、何度も何度も、殴られてのう。貌が歪んでしもうたんじゃ。昔はこれでも、なんちゃら小町と、ずいぶんと持て囃されたものよ」

祖父がいないとき、口惜しげに言う祖母だった。その言葉通り、右を向いた祖母の横貌は、往年の美貌を偲ばせる品を感じさせた。

「工夫がないのよ」

祖母は祖父の暴力を、そう語った。

「左手で胸ぐらを掴んで、ただひたすらに、右の拳で、同じところばかりを殴るんよ。唾を飛ばして声を上げるわけでもない、無言じゃ。目を引き攣らせるわけでもない、冷たい目じゃ。ただただ殴り続けるのよ。それで貌が崩れてしもうたんよ」

ゴンゴン　ゴンゴン　ゴンゴン　ゴンゴン

年老いた祖父だったが、いったん怒らせてしまうと、その甚振《いたぶ》りは祖母の語る通りだった。それは祖母だけでなく、叔父にも、純子にも、祖父の激情は容赦なく向けられた。

祖母は純子を庇ってくれた。

「あかんけに。純子だけは、あかんけに。この子は、うちらの希望じゃけに。純子を傷めたらあかんけに」

自分の身を投げ出して庇《かば》ってくれるのだ。庇う祖母を祖父は殴った。そしてそんな祖母を庇うのが叔父だった。

「もう止めちゃれよ。こないになったバアチャンを、これ以上叩くことはなかろうが。バアチャンが可哀想やけに。止めてつかわさい」

叔父は祖父より遥かに大男で、祖父の堅い拳も、叔父の面の皮にはそれほどの効き目を表さない。もともと祖父の打撃は、一撃一撃がそれほど強烈なわけでもない。同じ場所を、執拗に責めるから効くのだ。だから叔父には、大した毀傷《きしよう》を与えられるものでもない。やがて祖父は疲れ、何故自分が激しているのかさえ分からなくなってしまう。脳が、焼酎でやられている祖父だった。

そんなわけだから、叔父が極端な斜視なのは、祖父の打擲のせいではない。カエルのように派手に飛び出した左右の目玉は、いつもあらぬ方向に向けられている。それが相対した相手を妙に苛つかせる。唇はあり得ないほど分厚くいつも滑らせている。虫歯一本無い歯は下駄のように大きく、ひどく黄ばんでいて、それを剝き出し屈託なく豪快に笑う叔父だった。

祖父には舌がなかった。あるにはあるが、若いころ仕置きで抜かれた舌は、根元しか残っていない。祖母の話によると、祖母を庇ったせいで、舌を抜かれたということだったが、詳しくは語らない祖母だった。さらに祖父は、両手の指が、親指を除く四指の第一関節から先が欠損していた。それも祖母と関係したことのようだが、同じように、祖母からそれが詳しく語られることはなかった。

アウルル　アウルル　アウルル　アウルル
寡黙な祖父が語る言葉の意味を正確に理解できるのは祖母だけだ。

「やっぱり夫婦やのう。夫婦の絆というもんやのう」

叔父は感心してみたりするのだった。


山里のあばら家で暮らすのは、純子ら四人だけではなかった。ほかに二人の気配がした。それを純子は、祖母らに語ったことはない。だから祖母らが、二人の気配を感じているのかどうかも純子は知らない。

二人のうちのひとりは純子の母だ。それは間違いない。しかし母の死は、再び蓋をされた井戸と同じく隠蔽されていた。口にしてはいけないと幼心に純子は思った。

もうひとりが不明だった。

気配は間違いなく感じるのだが、はっきりとしない相手だった。男だというのは分かる。それ以上は分からない。あるいは井戸に身を投げた母を横抱きにして、母と共に、井戸の奥深くに消えた男かもしれないと、純子なりに考えたりもした。母の死が隠蔽されているのだから、その男のことを口にするのも拙《まず》かろう。幼いなりにそう解釈した。

四

純子の暮らす里は沁山《しみやま》と呼ばれていた。名の通り水が沁み出る里だった。その水を齎《もたら》しているのが西瓜淵《すいかぶち》だ。豊饒な湧水の淵だった。讃岐《さぬき》山脈の北斜面に里はある。山深い里には家々が二、三軒ずつ固まって点在している。西瓜淵を源流とする里の外れの川縁に一軒離れて建つあばら家が純子の家だ。

純子の家よりさらに上に住む里人はおらず、西瓜淵より上に道らしい道はなく、そこはいつも腹を空かせている剣呑な野猿の群れの縄張りだった。

祖父と叔父は、里の家々の下肥《しもごえ》を汲《く》んで駄賃を得ていた。駄賃は金だけでなく、米や野菜で支払われることも少なくなかった。寧《むし》ろその方が多かった。現金収入の乏しい里だった。その仕事伺いと集金に回るのが祖母の役割だった。

小学校に上がる前から純子は祖母の仕事伺いにつき合わされた。

仕事伺いといっても注文を聞いて回るわけではない。二間ほどの竹竿を持った祖母は、各家の便所の汲み取り口を無断で開ける。中を覗き込む。便槽は暗い。竹竿を突き入れて、手応えで糞尿の溜り具合を確かめる。勝手に汲み取りの予定を立てる。

竹竿の先に付着した糞《くそ》で排便主の健康具合を推し量るのだ、とも祖母は言うた。ただしそれは方便で、家の者の前で、矯《た》めつ眇《すが》めつ竿先を見る祖母の目的は外にあった。

「見てみい、純子よ」

祖母は、糞が付着した竿先を純子の貌の前に突き出して言う。

「これがこの家の奴らの糞じゃ。恥ずかしいのう。こんなもんを他人様に見られて恥ずかしゅうないのかのう」

下肥汲みの注文を渋ったり、駄賃の支払いに文句を言うたりすると、祖母の嫌がらせが始まる。

「これをご覧下され。隣の家の糞じゃ。血が混じっとるじゃろう。胃が悪いのか、腸に出来物でもあるのか、心配じゃのう」

隣家に吹聴する。辺りを憚《はばか》らない金切り声を張り上げる。竿先に付着した糞を披露しながらである。隣人も、鼻先に突き出された糞まみれの竿先を、まともに見たりはしない。早く立ち去ってもらいたい一心で曖昧に同意の返事をする。

「どうな。えっ？　何やら酸い臭いもするやろ。もともと糞の臭いは甘いもんじゃけんど、この家の糞は、酸《す》い臭いがしとるじゃろ。去年、悪腫で死んだ家の者の糞も、やはり酸い臭いがしとったけん。ほれ、ちゃんと嗅いでみぃよ。嗅げよ」

どうな　どうな　ええ　どうな
相手の鼻に触れんばかりに竿先を近付けて言う。

「臭いだけやないで、ほれ」

竿先をなぞった小指を、祖母はペロリと舐めてみせる。しかしそれは祖母一流の手妻《てづま》で、舌先に運ぶ動作の中で小指は巧みに畳まれ、祖母が舐めるのは薬指だ。

舐めた後で、虚空に目を泳がせて祖母は言う。

「こりゃいけん、大いにいけん！」

大袈裟に驚いたふりをして竿先を純子に向ける。

「純子や。オマエも舐めてみぃ」

純子は、差し出された竿を小さな手で握って幼い舌で竿先の糞を舐めとる。

クチュ　クチュ　クチュ　クチュ
唇を丸めて舌で糞を転がす。眉間に皺を寄せて唾ごと糞を乱暴に吐き出す。

べべべ　べべべ　べべべ　べべべ
そしてよく通る声で、言う。

ニギャーぞ、バアチャン　たまらんほど　ニギャーぞ
祖母に仕込まれた言動だ。

そしてそれも仕込まれた通り、執拗に、唾を地面に吐き捨てる。

べべべ　べべべ　べべべ　べべべ
「ほうじゃろ。苦いじゃろ」

祖母が満足げに目を細める。

「ええか、純子、胃の腑が腐ると、糞も苦うなるんじゃ。こんな糞をひってからに、この家の誰ぞの胃の腑が腐っとんじゃなかろうか。心配じゃのう。大ごとにならねば良い

が。心配じゃ、ほんに心配じゃのう」

チンパイじゃ　チンパイじゃ、チンパイじゃけに
　囃し立てるように純子も言う。

　下肥汲みを渋っていた家の主婦が祖母のもとに駆け寄る。拝み倒すように下肥を汲んでくれと懇願する。祖母はそれでも次にまた、その主婦がカバチを垂れないよう、純子を相手に三文芝居を続ける。

「この竿はもう、使いもんにならんけん。こんな汚ねえ糞を検分した竿で、お得意様の糞の具合を計るのは、失礼というものじゃけに。どうするかのう。どうすればええぞ、純子や。バアチャンは途方に暮れるわ」

かわりのサオじゃ　タケをさがすんじゃ
「子供の言うことに思慮はないわ。ただ竹を探せばええもんじゃないけに。干して、竿にせないけん。使える竿に仕上がるまで、どれほど手間がかかると思うとるんじゃ」

　延々続けると、遂には嬲《なぶ》られている家の女房が、銭を、といっても貧困の里なので、大した金額ではない小銭だが、強引に祖母に握らせようとする。それで祖母がニンマリとほくそ笑んで三文芝居は幕になる。

「ええか純子よ。この里の連中は、オレたちをバカにしとるけどな、しょせん奴らもオレらと同じ糞袋よ。それを思い知らせてやるのが、バアチャンの務めやけに。この里の誰にもカバチは言わさんけに。あいつらの、いっとう恥ずかしいもんを、オレらが始末

してやっとるんやけにな。その恩を忘れて、カバチを垂れるアホウには、オレらに逆ろうたらどないになるのか、思い知らせてやるんやけに」

帰宅した後で、糞を検分した竿を洗うのは純子の役目だ。

土間の井戸で汲んだ水で竿先を洗う。その時に、ちょびちょびと竿先の糞を舐めるのが純子の密かな愉しみだ。糞にはそれぞれ味がある。なかでも純子が好むのは、糞に含まれる粘性の高い成分だ。それはちょうど、カエルの卵のようなゼラチン質で、舌先でそれを探り当てると、純子は唇を窄めて吸い取るのだ。

チュルチュル　チュルチュル　チュルチュル

甘くて舌触りも良く純子はうっとりする。いつしか純子は、祖母や里人の前で、竿から糞を舐めとるときにも、好みの部位を舌先で察知し、それは地面に吐き出したりせず、ゆっくりと口の中で転がす術を身に着けた。

下肥汲みの手間賃である野菜は、家々で貰い受けるわけではない。その家の畑に足を運んで勝手に貰うて帰る。「里中の畑がオレらの家の喰いもんじゃ」常々嘯《うそぶ》いている祖母だった。

下肥とは人が垂れ流す大小便を言う。牛馬の糞尿は堆肥と言う。豆の搾り滓《かす》や魚のアラは金肥と言う。牛馬を飼う家はなく、金肥など、夢のまた夢という極貧の里で、純子の家庭は最下層の貧乏家だった。しかし糞便稼業のおかげで、食うものに困ったことはない。

下肥は、風呂の残り湯で増量し、畑の傍の肥壺《こえつぼ》に貯蔵する。下肥汲みと、肥壺までの肥運びが、祖父と叔父の仕事だった。増量した下肥を満たした肥担桶《こえたご》を、祖父と叔父は天秤棒《てんびんぼう》で担ぎ、急峻な山の斜面を切り拓いて造成された畑まで、毎日毎日、休みもなく黙々と運んだ。天秤棒を撓《しな》らせ糞尿の飛沫に塗れる仕事だった。

日が沈む時分に祖父らは肥担ぎの仕事を終える。仕舞い作業に、肥担桶を家の裏の西瓜淵に運んで藁で丁寧に洗う。洗うのは叔父の役割だ。祖父のそれより一回り長い天秤棒の前後に二つずつ、四つの空肥担桶を担いで山道を西瓜淵に向かう。そんな叔父を純子はいつも羨ましく思っていた。あの糞塗れの桶に座り込んで、桶の内側にこびりついた糞に舌を這わせたら、どれほどの至福だろうと懸想した。

純子の家が最貧困の家だとしたら、その逆もいた。

下の三軒家と呼ばれる家々だった。

最初に沁山の里に棲みついたのが下の三軒家だった。ぽつぽつと人が移り住んで、里を成した理由は水だった。西瓜淵を起点に、水には不自由しない里だった。

里の土地は、元からの住人だった三軒家が所有していた。所有といっても二束三文の傾斜地だ。それを入植者が農地に開墾し、僅かばかりの賃料を納めて百姓仕事を営む里だった。

五

純子の母は、里の中学を出て、山を越えた香川県高松市亀岡町に所在する女子高に進学した。そんな余裕などない家庭だったが、勉学に労を惜しまず、優秀な成績を収めていた母を惜しんだ担任の教師が、祖父母のもとに日参し、母の進学を強く勧めた。自分の高松の実家の一室を、下宿として提供するとまで言うた。

家族を高松に残し、小中学校が併設されている里の分校に、単身で赴任している若い女性教師だった。里でただひとり自転車を持っていた。月に一度、その自転車で、バスの出る町まで通うていた。

「あのオナゴセンセの口車に乗せられてしもうたわい。純子のカアチャンは器量のええ娘やった。いくいくは、望外の縁談もあったじゃろうに、あの娘を高松に出したのは、バアチャンの一生の不覚やったわ」

万度《ばんたび》祖母に聞かされた愚痴だった。

「幸いオマエは、カアチャンに似て器量良しじゃ。それが救いじゃけん。オレらをビンボから救い上げられるのは、純子、オマエだけやけに」

純子は身綺麗にすることを命じられた。祖父と叔父が稼ぐ僅かな労賃から綺麗なべべも買って貰うた。透き通るような膚《はだ》を損なわぬよう、日なたに立つことを戒められた。

外出の際には、小学校に上がる前から、紅白粉《べにおしろい》で化粧させられた。小学校に通うようになってからは、日傘を差すよう躾《しつ》けられた。

純子は祖母から、毎夜毎夜、成人雑誌の卑猥な記事を読み聞かせられた。仕事伺いに訪れた家々で祖母が貰うてくる成人雑誌だ。猟奇とか、奇譚とか、そんな文字が表紙に躍る。

里に本屋などあるはずがない。本屋どころか、商店さえない里だった。日用品は週に一度、当時は、大風呂敷を背負い、峠を越えて里に訪れる行商人から購《あがな》っていた。大風呂敷の荷物の中には、女の裸が掲載された成人雑誌もあった。新品ではない。町の、バスのタアミナルにでも捨てられていたとしか思えないようなそれだった。

周囲から、色狂いのババアと陰口を叩かれても、祖母はまるで意に介することはない。「呉《く》れ、呉れ、呉れ、呉れ」と、里人が読み古した成人雑誌を、誰彼構わずに求めて持ち帰る。恥ずかしいからいい加減にして欲しいという叔父を、祖母は面罵した。

「陰口なんぞ糞喰らえじゃ。純子を、蜜の滴る女にするんじゃけに。それしかオレらが、今の暮らしから逃れる法はないんじゃけに。女に育ったら、どこぞの商家に奉公に出す。こんな貧乏人しかおらん里じゃ埒《らち》が明かん。町場じゃ。高松でも岡山でもええ。広島もある。神戸も大阪もある。奉公先で御手付きにでもなったらしめたもんじゃ。嫁でのうてもええ、妾でも構わんきに。何にしろ高う売れる女に育てるんじゃ。それしかオレらが、糞担ぎの仕事から逃れる途はないんじゃけに。先のことも分からん糞蠅のオマエが、あれこれ口出しすな。オマエは黙って、他人様の糞尿を運んどったらええんじゃ。この糞蠅めが。糞を担ぐしか能がないなら糞を担げ。ジイチャンと一緒に、できるかぎりの糞を担ぐんじゃ。糞じゃ、糞。今の暮らしから抜け出るために、純子を磨かなあかんのじゃ。そのためにはゼニが要る。オマエの担いだ糞がゼニになる。糞を担ぐんじゃ。糞を担いだらええんじゃけに。オマエは黙って糞を担いどれ。糞じゃ糞、糞尿じゃ。糞を担ぐんじゃ。この糞蠅めが」

目を三角にし、口角に黄色い泡を溜めて次から次へと雑言を吐き散らす。叔父は腰砕けになってしまう。

「蜜の滴る女とは、どんな女なんよ」

祖母の言葉を覚えていて純子は訊ねた。それまでに耳にしたことがなかった言葉だった。耳にしたことはないが、何か祖母が大事なことを言うたと察した。

「蜜はどこから出るんな」

純子の問いに、祖母は嬉しそうに崩れた貌を綻ばせた。

「蜜が出るわけじゃない。蜜の滴る女とはフェーロモンを放つ女よ」

「フェーロモン? なんなら、それは」

「甘え匂いよ。それを嗅ぐとな、男が発情勃起するんよ」

発情勃起は知っていた。男がマラをおっ起てて狂う様を言う言葉だ。

「匂いを嗅いだだけで、男が発情勃起するんか」

新鮮な驚きを純子は覚えた。

男は、女の裸を見て興奮するものだとばかり思っていたが、匂いで男を興奮させることができるのであれば、無敵ではないか。人前で、そうそう簡単に裸になれるわけではない。裸にならずとも、匂いで男を発情させることができる術を身につければ、ただ歩いているだけでも、男を引き寄せられるということになる。

「なあなあ、バアチャン。どうやったら、そのフェーロモンを出せるようになるんじゃ。オレもフェーロモンが出る女になりたいけん」

「そうそう簡単に出せるものではないわ。それに誰ばれ、出せるもんじゃないけん。あれは、選ばれた女の股から自然と出るものなんよ。ただしフェーロモンが出る女は、千人、万人にひとりじゃけん。バアチャンも郭《くるわ》で働いているときにはフェーロモンが出たけんな。フェーロモンが出ると、男は忽ち畜生になったもんよ」

フェーロモンは純子が渇望する憧憬になった。

夜は一間に蒲団を川の字に敷く。同衾《どうきん》する純子と祖母を挟んで、戸口に近い側が叔父で、奥が祖父の寝床だ。祖父は酒で寝入ってしまう。蒲団に横になるなり鼾《いびき》で破れ障子を震わせる。

ンガ　ンガ　ンンンンン
グガ、グガ、グガガガガ
ンンンンン　ング

偶《たま》に呼吸が止まる苦しそうな鼾だ。その鼾の裏で、男女のことを描いた成人雑誌の記事を、祖母は、年端もいかない純子に読み聞かせる。記事が物足りなければ自ら脚色もする。情感を込めた祖母の読み聞かせに、蒲団からはみ出した叔父の、肉の盛り上がった肩が小刻みに動く。

ガサゴソ　ガサゴソ　ガサゴソ

肩の動きは次第に激しくなり、やがて栗の花の臭いが部屋に広がる。一夜に二度三度と、栗の花の臭いが部屋に充ちる。それが毎夜のことだった。

「今夜もええ臭いがしよるがな。ええか、純子、これが子種の臭いじゃ。この臭いを忘れるな。オマエは、この臭いを好きになるんや、で」

ヒヒヒヒヒヒ

引き攣る嗤いで祖母が言う。

「バアチャン。この匂いがフェーロモンなのか」

だとしたら、フェーロモンは少し生臭いなと純子は思う。

「これは違うけん。そやけど、この臭いに魅かれる女もおるけんな。どっちにしても、この臭いが好きになれんと、淫売稼業はでけんから、純子も、この臭いを好きになるんやで。むしゃぶるくらい好きになるんや。それを男は悦ぶんやけん」

祖母の説明はさらに続く。

「男はのう、子種を女の子宮に注ぎ込むだけやのうて腹にぶちまけたり、尻にぶちまけたりしよる。乳にもじゃ。それぱかりか貌に掛けようする者までおるけんな」

「犬みたいな輩じゃのう」

「アホ言うなや。犬畜生がそんな無分別な真似するわけがなかろう。そんなことをするのは人間の男だけじゃけに」

「人間の男は犬畜生以下なのか？」

「まだまだ、あるぞ。掛けるだけやのうて、呑まそうとするものまでおる。怒張したちんぽを女子に喉奥まで咥えさせ、精を放って呑めと言うのよ。ちんぽの先に垂れた精を舐め取れとも言う。ちんぽの途中に残った精を口で搾り取れ、吸い取れとも言う。そやけどな、それを嫌がってはいかん。嫌がるふりはええが、最後の最後は悦んで見せるんじゃ。ほしたら男はもっと悦ぶ。興奮する。口で搾り取ってやると、あまりの良さに白目を剝いて声を出す。そやから先ずは、この臭いを好きになれ。臭いを好きになったら、味も好きになるんじゃ」

祖母の言うことが実感として理解できないまま、幼い純子はあどけなく肯く。男とは阿呆な生き物じゃと納得する。

やがて金玉袋を空欠《からけつ》にした叔父が眠りに落ちる。純子も祖母も眠りに落ちる。

眠りに落ちた純子のもとを訪れる者がある。

優しい貌をした老人だ。

見慣れない黒の着物を着ている。瘦せているが脆弱というのではない。鍛え抜かれた芯を感じる。母親以外に純子が気配を感じている老人だ。

その老人が、聴き取りにくい声で純子に囁きかける。

おまえは……いつか……この里の……救い主に……

老人は水底《みなそこ》にいる。だから言葉が聴き取りにくいのだ。

純子はその老人に見覚えがある。

あの日、水底に沈んでいく母を、横抱きにしていた老人だ。愛おしむように母を見つめていた瞳に見覚えがある。哀しい目をしていた。

おまえの母が……なかったもの。ワシの……も、もうすぐ終わる。早くワシに……を呉れ。純子、おまえの……が、村を……救う。

切々と訴えるのだが、その言葉の全部を聴き取ることはできない。どうやら老人は、純子に何かの役割を伝えているらしい。しかし純子には、フェーロモンを放つ女になるという目標がある。それを老人に伝えようとするのだが、純子もまた、水底にいるようで、うまく言葉を発することができない。

――やがて純子も深い眠りに落ちてしまう。

六

純子が小学校に上がる歳になる。

悶着が起こる。戸籍に純子の名が無い。

「そりゃ、具合の好いことで。うちの子に教育など要らんので、どうかほっちょいてやってつかあさい。この子のカアチャンが、出生届を出すのを忘れとったんじゃろ。いずれにしても、ワシらは困らんきに、ほっちょいて下さればいいきに」

家に相談に訪れた教師に、祖母はあっけらかんと言うたのだ。いくらなんでも、そうはいかないだろうと、周囲の人間が動いて、遅まきながら純子は戸籍を得た。

入学式の日、純子は、祖母に懇々と諭された。

「間違うても、カアチャンみたいに、勉強なんぞに、現《うつつ》を抜かしたらあかんぞ。糞尿屋の子が勉強できても、なあんの足しにならんけに」

以後事あるごとに「勉強なぞするな」と祖母は、執拗に純子に言い聞かせた。しかし毎夜の祖母の読み聞かせのお陰で、純子は、難しい漢字さえも読めるようになっていた。

純子の母は女子高を卒業後、あろうことか、併設されている女子短大にまで通うた。勉学優秀者に認められる奨学金を受けてのことだった。母の進学を強く勧めた女性教師も、変わらず母を援助した。母は短大卒業後、そのまま女子高校の英文タイプの助講師になった。

「純子のカアチャンが送ってくれる仕送りには助けられた。そやけんどな、どこぞの長者に輿入りでもしとったら、今みたいな、惨めな暮らしはせんで済んだんや。高松に行くと言うけに、出先で見初められるかとも考えた。長者の息子を銜《くわ》え込むかと望んだ。

とんだ皮算用や。あんな男に引っ掛かりよってからに。挙句の果ては棄てられよった。それで気鬱になりよった。今思うても、口惜しゅうてならんけに」

祖母が唾棄するように語るあんな男とは、純子の父のことだ。

父は当時、高松にある国立大学の研究員だった。生活の足しに、純子の母が勤務する女子高に臨時講師として通うていた。その恰好があまりにみすぼらしいので、服の解《ほつ》れを繕うたり、弁当を用意したりしているうちに、母と父は情を交わすようになったのだ。

祖母が決して語らないその経緯は、月に一度、里を訪れる父本人から聞かされた。

「純子のお母さんは、ほんとうに心根の優しい人だった」そんな言葉で父は母を懐かしんだ。

「お母さんと純子を棄てたんじゃないんだよ」

父は祖母の言い分を気弱く否定する。

純子が母の腹に宿って直ぐに、父は学位取得のため京都の大学に移籍することになった。身重の母は里の実家に身を寄せた。

「あなたはもっと勉強して、偉い学者先生になるのですから、身重の私が付いて行ったのでは、足手まといになるばかりです。お母さんは、そう言うてくれたんだ」

純子の真っ直ぐな視線から貌を背けて父は言う。

しかし母は、里に戻って間もなく気鬱の病に侵された。純子を出産し、乳を与えながら、糞尿の注文請けに村を回ったり家事をしたり、健気に働いたが、「おかしくなっとったから、役立たずも同然やった」祖母は、棘を含んだ言葉を吐き捨てるように往時を語る。

「あの男は、自分の名のために、オマエとカアチャンを棄てたんじゃ」

「そうじゃない。収入がなかった。だからお母さんを、京都に連れて行けなんだ」

別々に語られる祖母と父の話が噛み合うことはない。

母が心を病むほどに嫌悪したのは、赤貧を洗う里の暮らしではなく、あるいは糞尿屋の稼業が嫌だったわけでもなく、無教養で、頑迷《がんめい》固陋《ころう》因循《いんじゅん》姑息《こそく》な祖父母らとの暮らしだったのだろうと、父は嘆息交じりに言うた。言うてから「純子には難し過ぎる言葉だな」と苦笑したが、祖母の読み聞かせのお陰で、純子はそれらの漢字を思い浮かべることができた。

頑迷も固陋も因循も姑息も、祖母が語る物語に登場する、助平な因業《いんごう》爺を飾る言葉だった。しかし純子は、父の手前、分からぬふりをした。目を見開いて首を傾げて見せた。

父の言い分は理解できたが、それならば何故、母が神経を病んで井戸に身を投げたあばら家から、自分を連れ出してくれないのか。純子は疑問に思う以上に納得ができない。

京都の大学で学位を取得した父は、播磨の大学で、研究室を持つまでになっていた。連れ出そうと思えば連れ出せたはずだった。しかし父は月に一度、里に足を運んで、現金を収めた白封筒を祖母に差し出すだけだった。

陰では悪しざまに父を貶《へん》する祖母だった。臆病に目を泳がせながら、祖母や祖父や叔父や、赤貧の垢に塗れた里の実家を揶揄する父だった。

しかし二人が、白地《あからさま》に言い争うことはなかった。祖母は、父がもたらす純子の養育費を当てにしていた。父は父で、祖母に面と向かって意見するには気が弱すぎた。純子を預かって貰っているという負い目もあったのだろう。

母が井戸に身を投げたあの冬の日を除いて、純子に母の記憶はない。あのような死に方をしたのだから、慥に母は普通ではなかったのだろう。母の死は、新たに設えられた井戸の蓋板とともに、祖母らによって隠蔽された。

叔父が、あのままでいいのかと疑問を口にしたとき、祖母は激昂した。

「どこまでオマエはアホウじゃ。ただでさえ木偶《でく》の坊のオマエやないか。しかも肥を担ぐしか能はない。そのうえ姉がおかしな死に方をしたと知れたら、どこの物好きが嫁に来てくれるんぞ。ワシらの行く末はどうなる。足腰が立たんようになったら、誰がワシらの面倒を見てくれるんじゃ。ワシらを裏の山にでも棄てる気か。忽《たちま》ち腹を空かせた猿どもに喰われてしまうわ。それでええのか。この親不孝もんが。この糞蠅が」

純子が脇にいるのも構わずに怒鳴り散らした。臆した叔父は、その夜から何日かして、小さな地蔵を持ち帰った。「拾うた」と言葉少なに言うて、それを井戸の傍らに安置した。地蔵は西瓜淵の畔《ほとり》に設置され、里人でさえ、その存在を忘れていた地蔵だった。

父は母の死を知っているのだろうか。それとも里の他の人たちのように、母が病で、高松の病院に入院していると信じているのだろうか。

父は母の死を知っている。それが純子の結論だった。

いつものように一泊し、居間で純子と添い寝した翌朝早く、父が、井戸の脇の地蔵に両手を合わせているのを見てしまった。純子は父を軽蔑した。

父が泊まった翌日、その夜もあの老人が純子のもとを訪れた。

「オマエの叔父が拾うてきた地蔵があろう」

老人の言葉はいつになく明瞭だった。

「カアチャンの供養らしいが、あんなみすぼらしい地蔵ではカアチャンも浮かばれんわ」

「風雪に曝されてみすぼらしゅうなったんよ。どうや、カアチャンの供養や思うて、あの地蔵の見栄えをようしてみんか」

「化粧でもせえというんか」

「化粧といえば化粧じゃが、地蔵に紅白粉を塗っても詮無いじゃろう」

「どないしたらええんじゃ」

「尿よ。オマエの小便を掛けてやるのよ」

「小便だと？　それが化粧になるのか」

「おうよ。なるとも、なるとも。毎日小便を掛けたら、やがて苔が生《む》す。その苔が何よりの化粧だわい。それに」

老人が口籠った。

「それに？」

「善根《ぜんごん》にもなる」

「知らん言葉や」

「仏に対する善い行いよ」

「小便を掛けることがか？」

「苔が生せば必ず功徳も得られよう」

功徳は知っている。仏から与えられる褒美だ。

「あのままでは、いずれひび割れ、土に戻ってしまう。苔が生せば風雪にも耐えられよう。功徳があって当然ではないか」

老人に言われ早速次の日、純子は地蔵に小便を掛けてやった。純子の小便に濡れた地蔵は嬉しそうに見えた。斜めから射す夕日に、地蔵が黄金色に輝いた。

純子は納得し、それから毎日欠かさず地蔵に小便を掛けてやった。やがて地蔵の頭に、うっすらと苔が生した。そして井戸の蓋板に母の姿が現れた。

七

小学校に入学してひと月も経たないうちに純子への虐めが始まった。

竹竿を手に、汲み取り口を覗き込む祖母だった。祖父と叔父が天秤棒で、糞尿塗れになって、肥担ぎをする家の子だった。それだけでも虐められて当然だった。

その上に純子は、小中学校合わせて二十人もいない全校生の誰よりも、身綺麗にしていた。紅白粉で化粧していた。花柄の日傘で通学した。悪目立ちしていた。周囲から浮いた子だった。

勉強も特に励んだわけではないが、もともと素材が良かったのか、成績は抜きん出ていた。何から何までほかの児童らの反感を買った。

下校の道で、囃し立てられることから虐めは始まった。

糞担ぎの——

糞尿塗れの——

糞で飯を食う——

白塗りお化けの——

上級生も含め、何の捻りもない、欠伸が出るような揶揄で囃し立てられた。純子はさして気にもせず無視した。それでも毎日となると、さすがにうんざりした。

最初の夏休み前のある日の下校時、通学路でマムシを見かけた。大暑の日だった。発達した入道雲が、天に向けて輝く白さを誇っていた。幾億とも思える油蟬の啼く声が、里全体を沈黙の底に沈めていた。強い陽射しを受けてマムシの動きは鈍かった。

純子は、マムシに日傘の影を差し掛けてやった。マムシが首を擡《もた》げて純子を仰ぎ見た。

川べりに住む純子にとってマムシは珍しいものではない。庭先はもちろん、土間にもネズミ目当てに侵入してきた。純子はマムシを素手で捕獲できた。小学一年生の純子に、大きいのは無理だが、三十センチくらいまでの仔マムシなら造作もなかった。しかもそのときのマムシは暑さに弱っていた。

純子は、自分を仰ぎ見るマムシの尻尾を、流れる動作で掴んだ。そのままでは、身体をくねらせたマムシに咬まれてしまう。尻尾を掴むなり大きく振り回した。祖父や叔父のするさまを見て覚えた技だった。

祖父らは振り回したマムシの頭を、その辺りの木や岩にぶつけて無力化する。殺しはしない。死なない程度に頭を砕く。抵抗できなくなったマムシの首を斬って生き血を飲む。皮を剝ぎ、肉を割いて生き胆を食う。あるいは生きたまま焼酎に漬けてマムシ酒を造る。

ヒュンヒュン　ヒュンヒュン　ヒュンヒュン

しなやかな音を発してマムシは回った。純子の周りで囃し立てていたガキらの動きが止まった。全員が身を竦ませていた。

里の子だ。体側に二列に並ぶ大きな斑点と、三角形の頭部を見れば、純子が振り回しているものが、ただの蛇ではないと、判別できるほどの知恵はある。

花柄の日傘を差した純子は、無表情でマムシを回しながら、ガキらに歩み寄った。立ち竦むガキらめがけてマムシを投げつけた。マムシは矢になってガキらに襲い掛かった。別に襲い掛かったわけではないだろうが、ガキらにはそう見えたに違いない。

落下したマムシがとぐろを巻いて鎌首を擡《もた》げると、ガキらは二歩三歩と後ずさりした。
次の瞬間――
ワァァ
ヒィィ
ウォォ
ヒャャ
大仰な悲鳴を上げて逃げ散った。
ハハハ　ハハハ　ハハハ　ハハハ
逃げ惑うガキらの背中に、純子は腹を抱えて笑い声を浴びせ掛けた。
夕方、ガキらの父兄が純子の家を訪れた。
対応したのは祖母だった。祖父と叔父は無関係を決め込んだ。
父兄らは口々に純子の所業を罵った。詰《なじ》った。万に一つの間違いがあったらどうするのだと、祖母を責めた。気の強い祖母も、相手が、糞尿を汲ませてもらう家の連中だったので、平身低頭で謝るだけだった。上間前で罵りを喚き散らす連中は、純子に囃し立てるガキらと、何ら変わりはなかった。煩いだけの連中だった。
純子は焦れた。晩飯が未だだった。空腹に焦れた。
土間にマムシを探した。都合よく居るわけがなかった。マムシが土間にネズミを探しに現れるのは、日がとっぷりと暮れてからのことだ。

仕方なく土間にあった土塊《つちくれ》に塗れた縄を摑んだ。叔父が裏山に薪を取りに行ったときに、薪を結束するための縄だ。それを振り回しながら純子は父兄らの前に出た。

前に出るなり「マムシやけん」叫んで放り投げた。

忽ち父兄らがパニックになった。夕闇に、縄とマムシの識別もできなかったのか、何人かは腰を抜かした。その様が滑稽だったので、純子は火がついたように笑った。

ギャハハ、ギャハ、ギャハ、ギャハハハ
大の大人が慌てふためくさまは、ガキらのそれよりよほど滑稽だった。純子は笑い転げた。笑いすぎて息が詰まった。

ウグ　ウグ　ウグ　ウグ
興奮のあまり空の胃から胃液を吐いた。それでも笑い転げた。白目を剝いて笑い転げた。縄のマムシに驚いていた父兄も、口元から胃液を垂らしながら笑い転げる純子に、不気味なものを見る目を向けた。すかさず祖母が言うた。

「これこれ、純子。悪ふざけはいかんけに」

一応注意して父兄らに頭を下げた。

「これこの通り、まだ分別もつかん子供ですけに。許してやってつかあさい。子供だけにやっていいことと、悪いことの分別がつきません。あんまり強く言われると、意趣返しに、おたくさんらの屋敷に、ほんもんのマムシを投げ込むかもしれんですけに。寝床や風呂場に投げ込まれたら、えらいことになりますやろ。けど、その分別がつかん子供ですけに。今日のところは、おとなしゅう帰ってもらえんでしょうか。後で、この年寄から、マムシなんぞで遊ばんよう、きっつうきっつう、言うときますけに」

左半分が崩れた薄気味悪い貌で、ネットリと、父兄らを睨みあげながら言うた。

シャ　シャ　シャ　シャ
閉じ切れない唇から息を漏らして愛想笑いした。

父兄らは青ざめた貌で一言二言捨て台詞を口にして退散した。

その日以来、純子を虐めるガキはいなくなった。純子と関わることさえなくなった。居ない者として扱われるようになった。

純子はそれを心地よく感じた。登下校の折にマムシを見つけると、意味もなく振り回して歩く子になった。マムシが見つからなかったり、いなくなったりする冬には、縄を振り回して歩く子になった。

八

純子は五年生になった。

学校から帰ってランドセルを三和土《たたき》に置いた純子は、いつものように母の井戸に直行した。

井戸の蓋板の上に横たわる母に目線をやった。いつぞや蓋板に姿を現して以来、母は常にそこにいるが、半透明のままだった。弛緩した表情で「おかえりなさい」とも言わない。焦点のない目線を純子に向けるだけだ。

制服のスカートをたくし上げ、木綿のパンツを下ろして、純子は、井戸の脇の地蔵の前にしゃがみこんだ。朝から我慢していた尿を勢いよく放った。苔生した地蔵の肌に純子の尿が吸い込まれる。

季節は初秋だった。

たわわに葉をつけた柿の木が井戸を覆う木陰を作っていた。木陰を涼風が流れていた。

「帰ったよ」

語りかけると地蔵が応えた。

「帰ったか」

「ほかの掃除当番がサボったから、オレひとりで掃除したよ」

「ほかの掃除当番がサボったから、純子ひとりで掃除したか」

「みんなオレを避けやがる」

「みんな純子を避けるのか」

「マムシを回しているからな」そう言うて純子は嗤うた。
ギ　ギ　ギ
地蔵も同じように嗤うた。
ジ　ジ　ジ

地蔵は純子にとって、ただひとりの話し相手だ。学校に出かける前と帰ってからと、地蔵に小便を掛けてから、短い会話を交わすのが純子の日課だった。

「今夜は粥を炊く日だよ」

「今夜は粥を炊く日だな」

二日に一度、竈で粥を炊くのが、五年生になってからの純子の役割だった。副菜は祖母の担当で、たいていは、肥仕事の対価として貰い受ける野菜の煮込みだった。味噌か塩で味付けされただけのそれが、ヒビの入った大皿に盛られて卓袱台に置かれた。祖母と叔父と純子が、銘々に、粥をよそった茶碗を手にする。祖父は粥を食わない。代わりに焼酎を茶碗に注ぐ。その焼酎も、肥仕事の対価として、自家製する家から祖母が貰うてきたものだ。

野菜の煮込みに鶏肉が混じることもある。

鶏肉だと祖母が言ったから鶏肉だと思うていた。しかし違うた。あるとき叔父が、肥担ぎの先の田んぼに迷い込んでいたとウシガエルを捕まえてきた。

「手間が要るじゃろ。なんで皮をひん剝いて、肉だけを持ち帰らんのじゃ」

咎める祖母に、小刀を忘れたと叔父が言い訳した。ぶつくさ文句を言いながら、祖母が捌いて鍋に放り込んだ肉が、純子の知っている鶏肉の味だった。味も歯応えも見た目も、馴染んだ味と寸分違わなかった。

鶏肉がウシガエルだったと知って、どうこう思う純子ではなかった。あえて言えば、祖父が時々持ち帰り、焼いて食べる蛇の肉より、柔らかくて美味いなと思うた。ウシガエルの肉には、蛇の肉のような臭みもなかった。鶏肉の正体を知ってからも、純子は肉を残さず食べた。

「ジイチャンらが帰る前に粥を炊いておかないと、またバアチャンに打《ぶ》たれるよ」

「ジイチャンらが帰る前に粥を炊いておかないと、またバアチャンに打たれるな」

「でも、平気だ。バアチャンに打たれても痛くはない」

「平気かよ、バアチャンに打たれても痛くはないのか」

「痛いふりはするがな」

「痛いふりをするんだ」

「ジイチャンのは痛いぞ」

「ジイチャンのは痛いな」

　三日前に、酒に酔った祖父に、平手で打たれた左頬の腫れはまだ退いていなかった。

　祖父が、酒のつまみに食べていたハチの子に手を伸ばして、純子は打たれた。打たれたがハチの子は甘かった。転がった部屋の隅で頬を押さえながら、形がなくなるまで咀嚼して嚥下した。それは舌触りといい、仄かな甘さといい、幼いころから純子が好んだ、糞の中のねっとりとした部位に似ていた。

　祖父が、肥担ぎの帰りに見つけたハチの巣だった。ハチの巣から、箸で蜂の子を床に掻き落とし、まだ動いているそれを、祖父は焼酎を啜りながら不機嫌に食べていた。祖母にも叔父にも食わせなかった。それを純子が盗み食いした。間髪を容れず張り倒された。

地蔵と会話する純子の腫れた左頬を、秋風が撫でる感覚があった。

見上げると、井戸の蓋から垂れ下がった母の手が、純子の頬を撫でていた。純子はにっこりと微笑んだが、母は無表情のままだ。

「ニイチャンは打たないな」うっとりと母を見上げたまま、純子が呟くように言うた。

「優しいから打たないか」目線を外された地蔵の声が不満げだった。

「優しいから打たないんだと自分で言うわ」鼻を鳴らした。

「優しいから打たないんだと自分で言うか」構ってくれよという声だった。

「あれは優しいんじゃない」

純子は目線を母から地蔵に戻した。

「あれはただの気の弱い薄鈍《うすのろ》だ」

「あれはただの気の弱い薄鈍か」

純子の目線が自分に戻った地蔵の声が弾んだ。

「あいつは蝦蟇蛙《がまがえる》だ」

「あいつは蝦蟇蛙か」

「蛇でも丸呑みにするくらい大きな口をしているんだぞ」

パックリ開く叔父の赤黒い唇を思い出して、純子は小さく身震いした。

「蝦蟇口《がまぐち》だ」

「蝦蟇口か」

「目玉も飛び出てやがる」

「目玉も飛び出ているか」

純子が左右の目を、左右の人差し指と親指で思い切り開いて見せた。地蔵も真似をして目を剝いた。

「右と左の目玉が別々に動くんだ」

面と向かった相手を、イラつかせる叔父の目の動きだった。真似をしようとしたが、できなかった。目蓋が痙攣しそうになって諦めた。

「目玉がキョロキョロするんだぞ」

「目玉がキョロキョロするんだな」

「いつも脂を垂らしてやがる」

「そうだ脂を垂らしてやがる」

「臭い脂だぞ」

「臭い脂だな」

「蝦蟇の脂だ」

「蝦蟇の脂か」

「あいつが貌を拭いた手拭なんか、臭くて使えやしない」

「あいつが貌を拭いた手拭は、臭くて使えやしないよな」

それなのに叔父は、肥担ぎから帰ると「寂しかったじゃろう」などと言いながら、貌も拭かず純子に頬擦りする。真剣に嫌がっているのに止めようとしない。寧ろ喜んでいるのだと勘違いしている。

「オレを守ってくれるらしいぞ」いつも叔父からそれを言われる純子だった。

「ジイチャンとバアチャンからオレを守ると言うんだ」

「ジイチャンとバアチャンから純子を守ると言うのか」

「大きなお世話だよ」

「大きなお世話だな」

そのうえ叔父は、最近粘着質な目で純子を見るようになっていた。

ある夜、純子が風呂から上がって簀子《すのこ》の上で身体を拭いていると、便所に立った叔父が通りかかった。風呂場は土間の脇にあって、便所は家の外で済ます。土間と風呂場に仕切りはない。

風呂上がりの純子の裸を目にして叔父が足を止めた。頭のてっぺんから爪先まで、舐めるように凝視した。それから叔父は、膨らみ始めた純子の乳に目線を止めた。胸に穴が開くかと思えるほど見つめられた。叔父の目線は、純子の股間にも注がれた。

「あいつ、興奮してやがった」

「あいつ、興奮していたのか」

「ああ、オレはまだ熟し切っていないがな」

祖母の読み聞かせを思い出しながら純子は言うた。しかし夏休みに初経があった。日に日に純子の身体は、括れや膨らみを顕《あらわ》すようになっていた。

「あいつはそれに気づきやがったんだ」

「あいつがそれに気づきやがったのか」

初経を迎えるのに前後して、恥毛もうっすらと芽吹き始めた。

「蝦蟇が色気づきやがって」

「蝦蟇が色気づいたのかよ」

「オレの色気で狂わせてやろうか」

「純子の色気で狂わせてやりなよ」

「いやだよ。気持ち悪いだろ」

「いやだな。気持ち悪いよな」
ギ　ギ　ギ
ジ　ジ　ジ
純子と地蔵は、声を忍ばせて笑うた。
サワ　サワ　サワ　サワ
晴れ上がった秋の空は高く、青い小さな実を付けた柿の木が微風に揺らいでいた。

その夜、あの老人が現れた。

そのころになると純子は、老人が身に纏っている衣服が墨衣《すみごろも》だと知るようになっていた。

そこかしこが破れ解れているが間違いない。剃髪こそしていないが、短く刈り込んだ頭も僧形に見えなくはない。どうしてそのような者が、自分を訪れるのか不思議ではあったが、なぜか懐かしさを覚えることもある。

その夜も僧形の老人は純子に訴えた。

「もう……時間が……里を……このままでは……早くオマエの……」

地蔵に小便を掛けろと教えてくれてから暫《しば》く老人は純子のもとを訪れなかった。再び訪れた時には、前にも増して疲弊していた。以前は水底から語り掛けるような声だったが、今は明瞭に聞き取ることができる。

しかし老人の言葉は切れ切れで、どうやら純子が暮らす里に近々異変が迫っているようなのだが、具体的にどんな異変が起こるのかまでは分からない。さらに幼いころから聞かされたことを繋ぎ合わせると、その異変から里を救うのが、どうやら純子の役目らしいのだが、ではどう救えばいいのか、それも不明瞭なままだ。

もともと純子の願いは、女に磨きをかけてこの里を出ることにある。自分が去った後で、山の里がどうなろうと知ったことではない。

知ったことではないが、老人の衰えが気になる純子だった。

九

父が訪れた。夕刻だった。純子は地蔵と話し込んでいた。家のほうで訪《おとな》う声がした。父の声だと飛び上がった。駆け足で行ったのは、父の来訪を待ち侘びていたからではない。どんなことでも直ぐに反応する。そう祖父母に躾けられていた純子だった。殴られて身に沁みついていた。

「——やあ」

距離を置いて立ち止まった純子に、父がぎこちない笑顔を見せた。純子はなにも言えないで、固まったまま父の次の言葉を待った。

「——元気にしていたか」

「うん」

素っ気なく肯いた。

「会うたびに大きくなるな。背はどれくらいあるんだ」

「百三十ちょっと」

寧ろ小柄なほうだった。学校に張り出された全国平均身長と比べても、純子は十センチ以上低かった。しかしそれを気にはしていない。男は小柄な女が好きだと祖母に教育されている。

「そうか、もうそんなに大きくなったか」

不器用な笑顔を見せて父が言うた。いい加減なことをと純子は内心鼻で笑うた。

「どれ、体重も増えたんだろうな」

父が抱きついて来いとばかりに手を広げた。純子は無視した。

――大きくなっただけではない。月のものも始まった。すぐにバアチャンがオレをどこかに売ってくれる。オマエの手の届かないところに、だ。

頭で思ったが、それをうまく言葉にすることはできなかった。ただ言うのではつまらない。頭に浮かんだ想いを、軽蔑するこの男にぶちまけてやりたかった。

父が歩み寄って純子を抱き上げた。煙草と整髪料の臭いが純子の鼻腔に触れた。嗅ぎ慣れた臭いだった。しかしそれとは別に、もうひとつ、純子の嗅覚を刺激する臭いがあった。淡い臭いだったが、それは純子をこのうえもなく不快にした。

「ウラギリモノ」

不意に浮かんだ言葉が純子の口を衝いて出た。父は気付かずに、純子を高々と持ち上げたりした。父に高く持ち上げられた純子は、首を捻って、母がいる井戸に目を向けた。井戸の蓋板に横たわる母が、蛇のように首を擡げて父を睨んでいた。憎しみに燃える凍った視線だった。母も父の裏切りに気付いていた。

「飯を炊かんといかんけに」

父の耳に届くよう言うた。父が来た日は飯を炊くことになっていた。父は土産に播磨の酒と明石の生蛸を持参する。魚など、ましてや刺身など、口にすることがない純子の家では、せっかくの土産を楽しむために粥を棄てて飯を炊く。祖母のせめてもの歓待だ。実際のところ歓待しているのは、父でなく父が持参する金だろうが。

「そうか。純子は偉いな。家のお手伝いなんだな」

純子は父から解放された。

小走りに土間に向かい、残り物の粥を棄てた釜《かま》に米を両手で掬《すく》って入れた。土間の片隅にある内井戸から釣瓶で水を汲んだ。釜に注ぎ入れて掻き回し、水の渦に浮かんだ芥《あくた》や虫の死骸を指で摘まんで取り除いた。水の渦が収まると、目を凝らして砂粒を探した。

「手伝わなくていいか」

背後で父が言うた。

父の言葉を無視し、純子は釜の水を流し捨て、米の入った釜を竈に持ち上げた。水が入ったままでは、重すぎて持ち上がらない。改めて井戸から水を汲んで注ぎ入れた。

「水の量を計らなくても大丈夫なのか」

父がまた声を掛けてきた。「大丈夫だ」とだけ短く応えた。水の量など計ったことはなかった。見よう見まねでするうちに、身体が勝手に覚えていた。芯が残っているだの粥のようだのと、祖母にたくさん叩かれて身体が覚えた。

祖父は酒を飲む。叔父は、どんな飯も、旨い、旨いと食べる。

この井戸は、母が沈んでいる井戸と水脈で繋がっているのではないか。

ふとそんな思いが過《よぎ》った。今まで考えたこともないことだった。そんな井戸の水で炊いた飯を食べて、おまえは平気なのかと、父に質したい衝動を辛うじて抑えた。父に裏切られたという気持ちが、純子の胸に棘になって刺さっていた。

父の手が頭を撫でようと伸ばされた。純子は身を捩ってその手を避けた。

純子を不快にした臭いは赤子の甘い臭いだった。乳の臭いだ。父は母以外の女に子供を産ませた。その子供を抱いた手で自分に触れて欲しくなかった。

ウラギリモノ
声には出さずに胸の内で吐き捨てた。

純子の鼻は正確だった。食事の後に、父が祖父母に閊《つか》え閊えに言うた。今の後添えに子供ができたので月一の訪問が難しくなったと。

純子は隣の部屋で寝かされていた。寝たふりをして耳を欹《そばだ》てていた。

父の言葉に反応したのは祖母だった。

「金はどうなる?」

直截《ちょくせつ》に質した。

「純子の養育費だ。まさかそれを、惚《とぼ》けるわけじゃなかろうな」

「これからは、郵便為替で毎月送らせていただきます」

里では下の三軒家の一軒が簡易郵便局を営んでいる。

「金額は？」

「──今までと同じ額だけ」

「今までと同じ額では足りんじゃろ。再来年には、純子も中学生になる。月のものも始まった。女の子は何かと金がかかるけに」

「では、もう五百円上乗せします」

そこで暫く沈黙があった。祖父が酒を啜る音と、叔父が蛸を咀嚼する音だけが、純子の耳に届いた。

ズズズ　ズズズ　ズズズ　ズズズ
ニチャ　ニチャ　ニチャ　ニチャ
月に一度のご馳走の蛸の刺身は大皿に盛られない。銘々に笹の葉とかに盛られる。それぞれに食える量が決まっている。叔父は蛸がなくなるのを惜しんで、味がしなくなるまで咀嚼しても、なかなか飲み込もうとはしない。

「もし一日でも遅れたら」

祖母が厳《おごそ》かに言うた。

「純子を連れて大学に行くけにな」

「遅れません」

父が蚊の鳴くような声で答えた。

「遅れたら、こいつに肥を担がせて、大学に行くぞ」

「播磨は海の向こうじゃろ。肥を担いで船に乗れるんかのう」

呆けた声は叔父だった。祖母が叔父の頭を打つ音がした。

「遅れません」

父が再度答えた。

「遅れたら、井戸の母親のこともばらすぞ。オレらは、警察沙汰になっても、なんちゃ困らんけんな」

「遅れませんから」

半ベソで言う父の貌が浮かんだ。

「遅れたら――」

その次の脅し文句を探すように、祖母の言葉が途切れた。

「遅れませんから。絶対に、絶対に、遅れませんから」

絞り出すように父が言うた。

そしてまた沈黙が訪れた。

叔父はまだ蛸を咀嚼していた。祖父は酒を啜っていた。

ニチャ　ニチャ　ニチャ　ニチャ
ズズズ　ズズズ　ズズズ　ズズズ
「為替と一緒に、あんたの月給の明細も送ってもらおうかのう。月給が増えたら、送る額も、考えて貰うけに。もし送らんかったら、肥壺に頭まで浸けた純子を、オマエの家なり大学なりに送るけにな。そんな娘の姿は見とうないやろ」

「送ります。必ず送ります。必ず、必ず、送りますから」

父は涙声になっていた。

十

父に棄てられたことを、純子は正確に理解したが、それは小学校五年生になった純子にとって、然《さ》したる問題ではなかった。ウラギリモノに未練はない。純子にとって父は、汚穢《おわい》の家から連れ出してくれる存在だったが、すでに初経を迎えていた純子には、別の道が拓かれていた。

山里を離れて町場に、たとえば高松に、それとも海を渡って、岡山か神戸辺りに売られて、金持ち爺の妾になるという道だ。夜毎の祖母の性教育で、純子はその未来を、かなり正確に想像できるようになっていた。

しかし父に棄てられて、ひと月が経ってもふた月が過ぎても、一向に、汚穢の貧乏家から出られる気配がなかった。純子は焦れて祖母に催促した。

「いつになったら、オレを売ってくれるんだ。股の割れ目から血ィが出たら、すぐに売ってくれると言うたやないか。乳も膨らんできたぞ。毛も生えてきた。金持ち爺が泣いて悦ぶ硬い乳じゃ。桜色の乳首も若草の陰毛も、未通娘《おぼこむすめ》のそれそのものや。どうして売れないんよ。早う贅沢な暮らしをさせてくれよ」

どれも祖母の読み聞かせで覚えた台詞だった。純子は、自分の體《からだ》が、爺ィを悦ばせるものだと信じていた。しかし純子の追及に祖母は口籠るばかりだった。

ひょっとしてバアチャンは、オレを売る手立てを知らないんじゃないか。

いつしか純子は、それを疑うようになった。疑心を漏らす純子に叔父が言うた。

「純子を奉公に出すってか。そりゃ無理やけに。こんな家で育った娘を、下働きで雇う物好きが、いるわけがなかろう」

一笑に付した。

「そんな高望みをせんでも、オレが嫁にしちゃるけに。もっと稼いで、純子に贅沢をさせちゃるけに」

祖母からは、鈍間だ、木偶だ、糞蠅だのと罵られる叔父だった。祖母に限らず、里の皆からも、冷笑と侮蔑を向けられる叔父だった。児童のころから、肥担ぎをしてきた叔父だった。蝦蟇蛙に似た風貌の叔父だった。

しかし井戸に沈んだ姉である母を（あのままにしておいていいのか）と言うたのは叔父だった。祖母に罵倒され言い返せず、その代わりに、地蔵を拾うてきたのも叔父だった。祖母が肥汲みの注文取りの傍ら、成人雑誌を強請《ねだ》るのを（みっともないから止めてくれ）と意見したのも叔父だった。

このころには、ひょっとしてこいつは、まともなのではないかと、純子は思い始めていた。なるほど肥汲みの家に育った純子を、町場の裕福な家庭が、下働きとして雇うことなどないのかもしれない。叔父の言うことが、真っ当なのかもしれない。だからと言うて（オレの嫁になれ）とは何たる言い草だ。身のほど知らずにもほどがある。鏡を見てみろ。オレの天稟《てんぴん》の美貌が、蝦蟇蛙に見合うはずがないじゃろう。

幼女から少女に脱皮して、腰が括れ、手足がすらりと伸びた身体も肥担ぎ風情には勿体ない。（もっと稼いで贅沢させちゃる）と言われても、肥を担ぐしか能のない叔父の言葉を鵜呑みにはできない。

「ニイチャンがオレを嫁にしてくれるだとよ」

「あの蝦蟇蛙が純子を嫁にすると言うのかよ」

地蔵も呆れ貌で応える。

「もっと稼いで贅沢させてくれるとよ」

「どんだけ糞尿を担いだら贅沢できる」

地蔵の言うとおりだ。

純子は父の月給を思うた。あの夜、祖母に約束をさせられ、後日、父が送ってきた給与明細を純子は見せられた。二万三千二百十七円が父の給料だった。そこから父は一万二千五百円を仕送りしてくる。

「ええか、純子。あの男の稼ぎがこれくらいなんじゃ。とことん搾ったろうと思うたけんど、加減やろ。ジイチャンらの肥担ぎの稼ぎと合わせても、月に一万五千円にもならん。そやけん、頼りはオマエだけなんじゃ」

祖母は気弱に言うが、純子の奉公先は、五年生の冬休みが終わっても見つからない。

「心配せんでええけに。まだ小学校が一年からあるけん。卒業するまでには、奉公先を見つけてやるけに。心配せんでええけに」

己に言い聞かせるように祖母は言うのだった。

「女郎屋はどうなんだ。高松に女衒《ぜげん》はいないのか」

祖母に読み聞かされた知識が純子にそれを言わせた。女を売る場所があるのなら、そこに自分を売ればいいではないかと、単純に考えた。その機会さえ得られれば、オレは大尽《だいじん》を捉まえてみせる。そう考えた。

「それが今はあかんのじゃ。オマエが赤ん坊のころに、女郎屋はご法度になったけに」

祖母は力なく応えた。もし女郎屋が健在だったら、適齢になったとたんに、純子は売り飛ばされていたに相違ない。

「バアチャンは、当てにならんわ」

そのころの純子は、地蔵相手に溜息ばかりを吐いていた。女になったら町場に出て、贅沢な暮らしができるとばかり思っていたのに、とんだ当て外れだった。

「ババアは当てにならんのかいな」呆れた声で地蔵は言う。

「夜鷹になるわけにもいかんけに」

「夜鷹になるのはいかんのかいな」

「あたりまえじゃないか。鼻欠けにはなりとうないわ」

耳学問の知識で言うた。夜鷹は鼻がもげる病気を患う。いくら純子が美貌とはいえ、鼻がもげたのでは台無しだ。鼻がもげるだけではない。身体じゅうに瘡蓋《かさぶた》ができて、そこから膿《うみ》を垂れ流すことも知識としては知っていた。

「オレが売りもんにならなんだら、死ぬまでビンボのままじゃけに」

「純子は死ぬまで下肥汲みの娘か。肥汲み肥担ぎ、糞屋の娘のままか」

「五月蝿《うるさ》いわ」

純子が地蔵の石の頭を平手で叩いた。他人事のような、そして謡うような地蔵の言い様にムカついた。

地蔵の頭を叩いた手がジンとした。腹が立って、純子は間近な石を拾って石で打った。地蔵の頭が欠けた。苔生した頭から石の地肌が覗いた。

その夜も老人が純子を訪れた。

老人はもの悲しげな貌で言うた。

「……もう、あかん。……切れる。……五百年……ソージュンめ……いい加減なことを……」

恨めしげな声で言うが、言っていることの意味が純子には分からなかった。ただならぬことが起こりそうな気配だけは察した。

ソージュン。

どうやら人の名前らしいが、純子の知り合いにソージュンという名の者はいない。

十一

純子が六年生に進級するころに、糞汲み糞運びの仕事に陰りが見えた。祖母が伺い先から仕入れてきたネタだった。里から離れた村役場から、行政による汲み取りの打診があったと言うのだ。純子が寝床に着いた後で祖母が叔父にそのことを零《こぼ》した。

「役人が肥汲みや肥担ぎをするのか。そんなことを役人がするわけがにゃあじゃろ」

祖母の話を聞いた叔父が疑問に鼻を鳴らした。

「肥柄杓《こえびしゃく》で汲み取るんやないらしいわ。バキウムカアたらいうトラックが、糞尿を吸い上げる仕組みらしいぞ。肥担ぎも要らん。糞尿を吸い上げたトラックが、そのまま運んで行ってくれるんやと言うてた」

「そんなアホウなこと信じられん」

否定する叔父の声は不安げだった。

「アホウも何も、役場からバキウムカアが来て、下の三軒家の肥壺を空にして帰ったそうじゃ。里の皆もそれを見物したらしいわ」

「オレらに挨拶もなく、糞尿を持ち帰ったのか！　オレらの糞尿を盗んだのか」

「何で役人が、オレらに挨拶せなあかんのじゃ。アイツらからしたら、オレらなんぞ、糞尿どころか目糞ほどのもんでもないけん」

「ほしたらオレらの飯の種はどうなる。忽ち餓《かつ》えてしまうやないか」

大飯喰らいの叔父が声を荒らげた。現金収入だけでいえば、純子の父親の仕送りの足しにしかならない糞屋の駄賃だったが、米や野菜でもらう駄賃は馬鹿にはならなかった。それが途絶えると、食うのに窮する台所事情だった。

「純子にかかる金を倹約できんか」

叔父が言うた。襖越しの声に純子は憤慨した。

オレのべべや白粉や紅を倹約しろと言うのか。何を言うのだ。大飯喰らいの糞蠅め。血迷うのにもほどがある。嫌だ、嫌だ、嫌だ。絶対嫌だ。オレは綺麗が好きなんだ。オノレが飢えようが、オレの知ったことではない。ウシガエルを食えばいいではないか。蛇も食えるではないか。肥担ぎができぬのであれば、オノレは、里中のウシガエルや蛇を捕えて食えば良いではないか。

堪らずに純子が寝床から起き上がるより先に、祖母が激しく反論した。

「糞蠅が何を言うとんじゃ。何べん言うたら分かるんじゃ。ワシらがこの苦界《くがい》から抜け出る道は、純子だけが頼りじゃけに。目先のことを言うな。先を考えろ。ジイチャンも歳じゃ。あと何年、肥担ぎができるか分からん歳じゃ。オマエ一人で二人分担げるか」

声は激していたが、いつもの勢いがなかった。それはそうだろう。たとえ叔父が二人分の肥を担げたとしても、バキウムカアとやらに浚《さら》われてしまったのでは、身も蓋もない話になる。

「オレが働きに出るけに。町場で働いて、金を稼ぐけに」

珍しく叔父が祖母に言い返した。

「オマエのような鈍間が、町場の仕事にありつけるわけがなかろう。肥桶しか担いだことのない糞蠅が、何を言うんじゃ」

鼻で嘲《あざけ》る祖母の言葉にも叔父は怯《ひる》まなかった。

「前々から誘われとるんじゃ。高松で、港の築堤の話がある。どえらい土石を運ばななららんらしい。人足集めに来た親方が、オレの肥担ぎを見て、ウチで働かんかと言うてくれた。肥やない。土や石を担ぐんや。給金も弾むと言うてくれた。オレなら、人の何倍も働けるとも言うてくれた。稼いじゃる。汗水は惜しまん。血の汗出しても、稼いじゃる」

語るうちに叔父の鼻息が荒くなった。なるほど、毎日毎日急な山道を満タンにした肥桶を二つぶら下げた天秤棒を担いで、昇り降りしている叔父なら、他人に負けない働きができるかもしれない。

「その話は慥《たしか》なのか」

祖母が前のめりになった声だった。

「慥に給金は払われるのか。間違いはないのか」

「当たり前じゃないか。港の築堤は御上の仕事じゃ。払われんわけがなかろう」

「糞の仕事より金になるのか」

「ようよう考えてもみろや、バアチャン。御上はどれだけ銭を持っとる。この里の貧乏人相手の仕事と訳が違うわ」

暫く祖母が沈黙した。損得を考えて、眼を左右している様子が見えるようだった。

「試しに行ってみるか」

やがてぽつりと言うた。

「応。明日から行ってみるけに。港までは、たった十里の道程じゃ。明日の明け方前に出て走れば、昼までには港に着けるけん」

「そうか、そうか。もし、ほんまに儲かるようやったら、ボンネットの駄賃も出してやるわ。ボンネットで通えばええけに」

祖母の言うボンネットとは、少し前から走り始めたボンネットバスのことだった。純子の家で、それに乗ったことがあるのは祖母だけで、祖母は、純子の紅白粉やべべを購うために、月に一度、ボンネットバスで高松に出掛けていた。

里の麓の道を走るボンネットバスは、見たこともないほどピカピカした物だった。里の子供らは、ボンネットが走るたびに、引き付けを起こしたように興奮して、ボンネットがたてる砂埃を追い掛ける。

里にはボンネットの停車場はない。乗る者がいないのだから当たり前だが、祖母は道に立ち塞がって、ボンネットを止めて乗り込む。

「ボンネットのことより」

叔父が言うた。臆する声だった。

「もしオレが、法外に稼いだら考えて欲しいことがある」

ますます声が細くなった。

「何じゃ、言うだけ言うてみ」

「――純子を」

そう言うて叔父が口籠った。

「何じゃ。はっきり言わんか。純子がどうした」

「純子を売り飛ばそうなどと考えんでくれ」

「――オマエ」

暫くの沈黙の後で、祖母が呟く声で言うた。

「純子が欲しいのか？」

声に笑いが含まれていた。悪事を企む声だった。

叔父が返答に詰まる気配がした。

「オノレの嫁にしたいのかヨ？」

追い詰めるように祖母が言い放った。

バアチャンは何を言うているんや。どうしていつものように、悪口雑言を吐き散らかして、ニイチャンを詰らないのだ。

相手は木偶の坊ではないか。鈍間な糞蝿ではないか。（嫁にしたいのか）などと、何をわけの分からないことをほざいているのだ。

ゾッとした。もしそれを、ニイチャンが本気で考えているのであれば、ニイチャンを殺すしかないと純子は思うた。刹那の思いだった。

「よう分かった」

祖母が耳を疑う言葉を吐いた。

「行くだけ、行ってみい。肥の仕事は当分無いけに」

何を言う気だ、ババア。血迷っているのか。何のためにオレは今まで生きてきたのだ。ババアも殺すぞ。ジジイは何を黙っているのだ。酒で惚けているのか。ジジイも殺すぞ。オマエらみんな殺すぞ。

「明日、明後日、その次の日も、肥汲みに行くはずやった家から断りがきよった。試しに役場に頼んでみようと思うとると言いやがる。今までさんざんワシらの世話になっておきながら、とんだ恩知らずな奴らじゃ。いや、恩知らずではないわ。あいつら、ざまを見ろと思うとる。ワシらが餓《かつ》えるのを、陰で笑うとる。オマエが高松であんじょう稼いでくれたら、里の奴らを見返してやれるわ」

ババア　ババア　ババア　ババア
それ以上言うな　殺すぞ

「ええやろ。港に行ってみい。オマエが稼げる職にありつけたら、ほんでワシらが、十分に暮らしていける金が得られるんやったら、贅沢できるんやったら、オマエの願いを聞いてやらんでもないけに」

クソババア

殺す 必ず殺してやる

オノレは今までオレに何と言うてきた。いまさら何を言う。

オレは、オノレの言う通りにしてきたではないか。オノレがオレを売る器量がないからというて、忽《たちま》ち糞蝿に鞍替えする気か。殺す、必ず殺してやる。

もう我慢できなかった。祖母らのいる隣室に怒鳴り込んでやろうとした。しかし身体が動かない。声すら出ない。

純子は金縛りにあっていた。

純子を縛っているのは、井戸の蓋板の上に居るはずの母だった。濡れ衣《ごろも》のように純子の身体に覆い被さり、鼻先が触れるほどの距離で純子を見つめていた。

その日が微かに笑っていた。

純子はもがこうとした。母から逃れようとした。髪の毛ほども動けなかった。

何故オレのジャマをする。オレを恨んでいるのか。オレがこのあばら屋で、糞蝿の嫁になって朽ちるのを見たいのか。オマエが男に棄てられたのは、オマエ自身の科《とが》だろ。オレを怨むのは筋違いではないか。男はオマエを棄てて、他の女に子を産ませた。あの男に棄てられたのはオレも同じだ。オレが悪くて棄てられたんじゃない。オレは、オマエが棄てられた巻き添えを喰ろうただけなんぞ。

ジャマをするな　退《の》け　退くんだ

しかし緩んだ母は純子に覆い被さったまま動かない。

やがて母の口から、あの臭いが漏れ出してきた。古井戸の水の臭いだ。二歳になる前の純子が嗅いだ、母が重石を取り除き、蓋板を剥がした井戸から漏れ出た臭いだ。決して拡散せずに、徐々に水位を上げたあの臭いだ。

臭いに溺れ純子の意識が薄れ始めた。

母に押さえ込まれた純子の傍らに僧形の老人がいた。胡坐をかいて腕組みをしていた。

「任せておいてくれ。高松で仰山、金を稼いでやるけん」

決意を込めて言う叔父の言葉に、老人が深々と肯いた。肯きはしたが、その貌は寂しそうに見えた。訳が分からないまま、純子の意識が薄れた。

次の日の早朝、まだ朝の気配もない時間に叔父は洋々と家を出た。

「金ができるまでは帰ってくるなよ」

見送る祖母に、叔父は「必ず稼いでくるけに、約束を忘れるなよ」と、偉そうに告げて家を出た。気配で目覚めていた純子は叔父を見送らなかった。期待しているなどと思われたくなかった。叔父が出かけてから土間で祖母を問い詰めた。祖父は未だ高鼾だった。

「あれは本気なんか」

「あれとは、何だ」

「昨日の晩、オレが眠っていると思って、蝦蟇と、――あの糞蝿と、とんでもない企みを話しとったやないか。オレを嫁にやるとか。ふざけるんじゃないぞ」

大声で詰め寄りたかったが、祖父を起こすと面倒なことになると我慢した。声を殺した分、睨み殺すつもりで祖母に質した。

コロ　コロ　コロ　コロ

祖母が、モリアオガエルのように喉を鳴らした。笑っているのだった。

「何だ、起きていたのか。心配するな。本気のわけがなかろうが。第一あの糞蝿が、まともな稼ぎにありつけるわけがないじゃろ。子供の時分から、糞しか運んだことのない奴やけん。町場に出かけて、何ができるというのだ。心配せんでもええけに」

「だったらなんで行かした。肥の仕事がなくても、ウシガエルでも獲りに行かせたほうが、よほどマシだろう」

「口減らしじゃ。ウシガエルなんぞ、何ぼ獲っても高が知れとる。あいつがどんだけ喰うか、知っとるじゃろ。アイツはもう用無しの人間じゃ。あいつがおらんだけで食い扶持が半分になるわ。そうや、そうや、純子。今日から炊く粥は、半分の半分でいいけにな。ジイチャンも働きがないんじゃから、今までのように食わすこともなかろう」

「アイツがおらんと、糞担ぎの仕事が取れんじゃろ」

「もう糞の仕事はないけに」

祖母が溜息を吐くように言うた。

「下肥を畑に使わんよう、役所の人間が言うとるらしい。前に、純子の学校でも糞の検査があったじゃろ」

「検便のことか」

マッチ棒に糞を掻きとって、学校に持ってくるよう言われたことを純子は思い出した。同級生らが燥《はしや》いだ。配られた小さな乳白色のビニール袋を、みんなの前で開けられて泣いた女子もいた。花子《はなこ》という純子と同じ六年生の女子だった。

里では、住み着いた順に、傾斜地の下から上へと人家が散る。一番低い所に住む奴らが一番早くに里に居を構えた奴らで、畑も下にある。花子の家は純子の家の真下にあった。花子らが住み着いたころには拓ける農地もなく、花子の家は、里の百姓の手間働きで暮らす家だった。純子の家に勝る貧乏所帯だ。

検便を男子に掲げられ「花子の糞じゃ、花子の糞じゃ」と、囃し立てられた。囃した男子は、こっぴどく担任の先生に叱られて、一発ずつ、鼻血が噴き出すほどの本気のビンタまで食らわされた。

「学校の生徒の糞から、虫が出た言うてな。半分以上の子供が、サナダムシを腹に飼うていたらしいわ。これはあかんとなったわけや」

そういえば虫下しだと、何とも言えない味のシロップを飲まされた。糞をしたら、糞の中に、白い虫がニュルニュルしていたと、暫く学校で話題になった。

「サナダムシは人の内臓を食うらしい。脳に上がってきたら、狂うらしい」

祖母も虫のことはあまり知らぬようだった。知っていても、気にするようなことはなかったのかもしれない。純子も気にはならなかった。しかしそんなことがあって、糞尿を畑に使わないよう、役場のお達しがあったのだ。

「糞尿の代わりに、町場の農協から、人造肥料が配られるらしいけに。金は掛かるが、今までの三倍も野菜が穫れるということじゃ。タダで配って、あとで、穫れた野菜で清算するらしいけに、もう糞担ぎでは暮らしていけんけに」

祖父の仕送りだけが純子の家の頼りになった。それで大食漢の叔父を口減らしした。祖母の話に純子はモヤモヤとしたものを覚えながら、一応は納得した。

学校に行く前に、純子は地蔵のもとに足を運んだ。祖母の話に一応は納得したものの、胸の蟠《わだかま》りは解けていなかった。

「蝦蟇は、町場で野垂れ死にじゃ。大飯喰らいじゃけに、バアチャンに棄てられよった」

確かめるように語り掛けてみた。

「蝦蟇は棄てられたのか」

「ああ、棄てられたんよ」

地蔵が目を細めた。フッと微かに笑った気がした。

「ホンマにそうかのう」

「そうにきまっとるわ」

「オレにはそうは思えんけどな。町で金を稼ぐと言う蝦蟇の話を、ババアは、ずいぶん熱心に聴いていたように思えるがのう」

「――オマエ」

やっぱり、いたのか、という言葉を純子は呑み込んだ。

昨夜のことが思い出された。詰まらない話をする祖母と叔父を怒鳴りつけてやろうと、寝床から起き上がろうとした純子は、母に押さえられて、身動きすることができなかった。身動きどころか、声を発することもできなかった。やがて母が吐き出す、井戸の臭いに意識が薄れ、そのまま寝入ってしまった純子だった。

寝間に灯りはない。雨戸の隙間から、細い線になって一筋の白い月明かりが差し込んでいた。その月明かりの線上に、意識が遠のく純子は苔生した石の肌を見た。寝間の隅に地蔵が潜んでいた。地蔵は隣室の企て話に、ほくそ笑んでいるように思えた。

「どうした、純子」

「どうもしないわ」

「オレがいたんだと疑っているのじゃないのか」

「オマエがいたわけがなかろう、地蔵のくせに」

純子の言葉に微笑んだ地蔵の石の肌に皺が寄った。老婆の貌になった。

(純子が欲しいのか?)

(オノレの嫁にしたいのか?)

バアチャンの声だ。やっぱりこいつはあの場にいたんだ。

(オマエが高松であんじょう稼いでくれたら、里の奴らを見返してやれるわ)

(贅沢できるんやったら、オマエの願いを聞いてやらんでもないけに)

地蔵の貌が元に戻った。

「蝦蟇が金を稼いで帰って来たら、どうするつもりだ」

「蝦蟇に金が稼げるかよ。どうするつもりもないけに」

「そうかな? あいつ、腕力だけはあるぞ」

「ふん、馬鹿力だけで、金が稼げるものか」

「だったらどうして、親方に誘われた。見込まれたかのう」

「知るか。誘われたのが、ホントかどうかも、疑わしいわ」

「あいつは馬鹿じゃ。嘘はつけんじゃろう」

「知るかよ。地蔵のオマエじゃ話にならん」

そんなことよりと、純子は、井筒の蓋板に横たわる母を睨み付けた。

「何でジャマをした。何で井戸から離れて、オレの寝床に現れた」

母が、フッと笑ったように見えた。しかしそれ以上の反応はなかった。虚ろな目で、純子を見つめるだけだった。

十二

叔父は三日経っても帰って来なかった。

「行き倒れたか」

四日目の朝に祖母がぼそりと言うた。それ以上、叔父の消息が語られることはなかった。

そんなことより純子の家は、忽ち食うことにも窮するようになった。米と味噌は僅かばかりの蓄えがあったが、他に蓄えがなかった。ウシガエルを捕まえてくるのは叔父の役割だった。その点、祖父は糞の役にも立たなかった。せいぜいが、蜂の巣を採るくらいのことしかできない祖父だった。山菜の季節でもなかった。

祖母が里を廻る肥汲みの伺いが、露骨に断られるようになった。

「来週には、バキウムカアが来るけんのう」

惚けた口調で言われた。

「それに、あんたとこの爺さんだけでは、汲める高も運べる量も知れとろうが。そもそもが、あんな年寄りに、きつい仕事をいつまでさせとんな」

説教までされる始末だった。

学校が休みになる日曜日には、純子も、肥汲み伺いに伴われた。以前は、里の主婦らをねちねちと追い込んだ嫌がらせも、まったく効かなくなった。その場は断っても、いずれは肥仕事を頼まなくてはならないという引け目が、里の連中から消えていた。

祖母は祖父を伴って畑に作物を盗みに出かけた。「里中の畑が、オレらの喰いもんじゃ」かつてはそう豪語していた祖母だったが、肥汲み仕事がなくなり、忽ち野菜の蓄えも底をつき、思い余っての盗みだった。

祖父に見張りを命じ、いつものように、畑の作物を収穫しようとした。忽ち上の畑で働く農夫に見つかってしまった。大騒ぎされて駆け付けた里の男たちに突き飛ばされ、祖父が段々畑を転がり落ちた。

足腰の骨を痛めた祖父を、祖母が負ぶって漸《よう》く家に戻りついたのは、いっぱいに膨れ上がった満月が、天空高く、夜空を照らす刻限だった。

腰を駄目にした祖父は、そのまま寝込んでしまった。

祖父が動けなくなったことで、喰い物以外にも欠乏するものがあった。薪だ。

それまでは、叔父の代わりに祖父が薪拾いに山に入っていた。薪を拾う山は急峻で、祖母が代われる仕事ではなかった。急峻なだけではない。そこは腹を空かせて苛立つ猿の群れの縄張りでもあった。猿は彼我《ひが》の腕力の差を冷徹に判断する。自分らより弱い者には群れを恃《たの》んで威嚇する。それでも縄張りから出ない者には襲い掛かる。

ただでさえ小柄で腰が曲がっている祖母では、猿どもに馬鹿にされ、恰好の餌食になってしまう。襲い掛かられでもしたらひとたまりもない。

なだらかで、猿の群れに会わない場所もある。しかしそれは他の住民の場所だ。薪を集めるにしろ、山菜を採るにしろ、里内には自然に決められた境界線があった。棲みついた順に、より容易い場所が振り分けられていた。そして、純子の祖父母らは、いつまで経っても新参者だった。いつの間にか純子らは、村八分の境遇に陥っていた。

薪が不足し風呂を焚くことはなくなった。純子と祖母は、家の脇を流れる小川で身体を洗うようになった。川は細く、踝《くるぶし》ほどの深さもなかった。川に下りられない祖父は、汚れるままに放置された。

すぐに饐《す》えた臭いを放つようになった。純子と祖母はその臭いから逃れて、居間にしていた隣の間に蒲団を敷くようになった。純子は、祖母とは別に、叔父が使っていた蒲団で横になった。

やがて祖父だけが寝る部屋は、耐えきれない悪臭を放つようになった。下の世話もしてもらえない祖父だった。下の世話どころか、食事も満足に与えられない。純子と祖母でさえ満足に食べられないのだから、稼ぎもない、日がな一日ゴロゴロしているだけの祖父に、飯などとんでもなかった。

時々は引け目に思うのか、祖母は、気が向くと、川べりにイタドリを採りに行ったりした。細いのも太いのも、柔らかいのも硬いのも、気にせず束にして持ち帰り、皮も剝かず、塩もせず、ましてや茹でたりなどはするはずもなく、祖父の枕元に投げた。

シャリ　シャリ　シャリ　シャリ
やがて、祖父がイタドリを喰う音が聞こえてくる。

シャリ　シャリ　シャリ　シャリ
「ほうほう。生意気に喰うとるわ。まだ、死んでおらんようじゃのう」

祖母は詰まらなそうに言う。

「なんもかんも、自業自得じゃ。オレまで、こんな暮らしに巻き込みよってからに。そのまま腐り死んだらええけに」

憎々しげに言うたりもする。

ビチ　ビチ　ビチ　ビチ
イタドリを喰った祖父は、腹を壊して、下穿きに力弱く糞を垂れ流す。

「また、やりよった。ああなったら、人間もお終いじゃのう。はよう、死にくされ」

忌々しげに祖母は言う。

純子は、祖母の祖父に対する憎悪が理解できず、その理由を訊ねた。祖父に対する愛情などなかったが、動けなくなった途端に、祖父に、それほど辛く当たる祖母が理解できなかった。祖父がまだ元気なころ、いつも上目遣いで、怯えながら、祖父の機嫌を窺っていた祖母だった。

「殴られるのが嫌だっただけよ」

祖母は言うた。祖母に限らず、叔父でも、純子でも、少しでも気に障ることがあると、容赦なく拳骨を上げる祖父だった。

「あいつは、もともとヤクザもんじゃったけに」

それは初めて聞く話だった。

祖父の下痢が止まらない。

「バアチャンは、六つの時に親に売られた。八つで客を取らされた。中島遊郭いうところじゃ。岡山の、旭川の中州にあっての。苦界じゃった」

ビチ　ビチ　ビチ　ビチ
祖父の下痢が止まらない。

「今の純子くらいの歳、十二の頃には、中島一の売れっ子になっとった。貌よし、躰《からだ》よし、そのうえ床上手じゃ」

科《しな》を作って、眉間に媚を浮かべた祖母がニンヤリと笑うた。

ビチッ　ッ　ッ　ッ
「ジイチャンは、遊郭に入り浸る亡八輩《ほうはちやから》じゃった。ヤクザもん。それも下っ端も下っ端の腐れ外道よ」

その腐れ外道の祖父と祖母は情を交わした。祖父が十五、祖母が十四の春だった。あろうことか、若い二人は足抜けを図った。

中州を出るなり二人は捕えられた。祖母はとっさの機転で、「馴染み客が呼んどると、こいつに騙された」と、祖父ひとりに罪をひっかぶせた。祖父は祖父で、言い逃れをするどころか、祖母の言を追認し、結果、舌を抜かれてしまった。手足を奪ったのでは用働きにも障る、目と耳も同じことだ。いっそそれなら、売り物に言い寄った舌を抜いてしまえということだった。舌を抜く責め苦と同時に、指も落とされた。親指を除くすべての指の第一関節から先を、鑿《のみ》で切り落とされた。

それでも祖父は諦めず、二年後、ついに二人は足抜けを果たした。

ピチ　プス　ピチ　プス

逃げに逃げて、漸くのことで辿り着いたのが瀬戸内の対岸、讃岐山脈の山里だった。奥へ奥へと逃れ、これ以上先はないという奥まで逃げて至ったのが今の家だ。

「家には、肥仕事をしている年寄りと、心を病んだ息子が住んでおった。オレたちの身元を詮索するわけでもなく、一間を与えてくれたが、あろうことか、そのジジイの目当てはオレの躰じゃった。若いジイチャンが、隣で寝ているのも気にせずに、夜更けにオレの蒲団に忍び込んできよった」

祖母は抗わなかった。もともとそれが生業《なりわい》だったので、嫌がることもなく、寧ろ喘ぎ声さえ出してやった。その声に目を覚ました祖父がそのジジイを殴り殺した。ひとりを殺したら、もうひとりも生かしておくわけにもいかない。息子もその晩殴り殺した。二人の死骸は井戸に沈め蓋板をして隠蔽した。

プゥ　プッ　ビチ　プゥ

「報いよ。オレをこんなところに住まわせやがって、その報いやけに」

祖父の垂れ流しに貌を顰めながら、唄うように祖母は言うた。

「あのまま遊郭におれば、真っ当な身請けの話もあったじゃろうに。贅沢な暮らしもできたじゃろうに。貌よし、躰よし、そのうえ床上手やったんやからな」

口惜しそうに言うて「腐れ外道の分際で、身のほど知らずの亡八輩《ほうはちやから》が」と、祖父が横になる隣室を、忌々しげに睨み付けた。

ビチ　ビチ　ビチ　ビチ
プッ　プッ　プッ　プッ
「煩いわ。いつまで糞を垂れとんじゃ。楽には死なさんけんなあ。身体が腐るまで垂れ流しとれ。オマエなぞ、自分の糞尿に塗れたらええんじゃけに。もう、オレを殴ることもできんじゃろ。ええザマじゃ」

唾を飛ばし声を張り上げて悪態を吐き、枕代わりにしている太めの薪を、祖母は隣室を隔てる襖に投げつけた。

「そうじゃ。船頭なら何とかなるかもしれん」

祖母が思いついたように呟いた。

「のう、純子や。明日高松に行ってみんか」

企む目で純子に語り掛けた。声色が下卑ていた。

「高松に行ってどうするんじゃ」

「相談事よ」

にやりと笑って祖母が続けた。

手に手を取って祖父と足抜けをした祖母を助けてくれたのは、高松の港を牛耳る船頭だった。その船頭は、遊郭に身を置く祖母の馴染みでもあった。偶々上がった中島遊郭で祖母の客になり、そのまま馴染みになった。高松に遊郭がなかったわけではない。八重垣遊郭と呼ばれる、中島遊郭よりも寧ろ隆盛を極めていた遊び場もあった。それでも祖母を気に入った船頭は、瀬戸内を渡って祖母のもとに通ってくれた。

金回りが桁違いにいい客だった。

船を支配する者を船長と呼ぶ。船頭とは、数多《あまた》の船長からなる船団の頭領を意味する。板子一枚下は地獄と嘯《うそぶ》く男たちを束ねる立場だ。当然素人ではない。司法の及び難い海上を根城とする彼らは、桁外れの無法者でもあった。本来が瀬戸内の海の輩の先祖は由緒正しい海賊なのだ。

「今でも思い出すわ。当時で齢五十を超えていたかのう。いや、六十を超えていたかもしれぬ。小男でのう」

祖母が往時を懐かしんだ。

小男だったが、噎《む》せるような獣臭を全身から発している男だった。

床に入れば猛々しくも破廉恥で、他の妓が敬遠する中で、祖母だけは平気で相手を務めた。転がされても、股を裂かれても、舐めまわされようが、吸われようが、咬まれようが、祖母はそのすべてを受け入れた。

足抜けした祖母を受け入れてくれたのも、当然下心があってのことだった。暫くは、匿われた旅館に身を落ち着けていたが、夜な夜な祖母は別室に呼び出された。行く末を相談するとか、駆け落ちした若い二人の今後の生業を考えるとか、そんな理由で呼び出されたが、呼び出されるのは祖母だけで、そこでも祖母は、転がされ、股を裂かれ、舐めまわされ、吸われ、咬まれていた。

祖母にそんな痕跡を残す相手を、祖父が赦すはずがない。終《つい》には、祖母の尻を後ろから抱える船頭の坊主頭に、手鉤を叩き込んで夜陰に紛れ、湊から逃げたのだ。

プス　プス　プス　プス
糞が尽きたのか、隣室からは、湿り気を帯びた屁の音しかしなくなった。

「バアチャンは、あのままの暮らしでもよかったんじゃ。ひょっとしたら船頭は、バアチャンを妾にするつもりだったのかもしれん。ジャマなジイチャンは、いずれは海に沈めるつもりだったのかもしれん。それを察したんじゃろうか。いやいや、それほど頭のまわるジイチャンやない。その場の悋気《りんき》でぶち壊しよった。いい加減に逃げ回る生活にも疲れとったのに、別に、ほかの男に抱かれようが、望み通り、一緒に暮らしていけるのに、何が不満だというんじゃ」

「船頭は死んだのか？」

「さあな。死ぬほどの傷かどうか、ようは分からんけに。その場から一目散で逃げたけんな。そやけど、どっちにしても、歳が歳じゃ。あの夜、助かったとしても、もう生きてはいまい」
「しょうもない。なら、なんでそんな話を聞かせる。墓に相談にでも行くつもりか」
「船頭には息子がいよった。後を継いどるに違いない。まだ、寿命で死ぬ歳でもなかろう」

祖母は、その息子とも通じていた。ずいぶんな執心ぶりだったから、四十年以上たった今でも、よもや忘れてはおるまいと、自分都合なことを言うた。

小学生の純子でも、祖母の頼りない話に溜息が出た。相手が生きているかどうかも定かではない。よしんば生きていたとしても、頼みにできる力を、持っているのかどうかさえ不明だ。思惑通り、頼れる力を持っていたとしても、助力してもらえるかどうかも分からない。ないない尽くしではないか。こうなるまで、祖母が、相手のことを思い出さなかったというのが、頼る相手との糸の細さを思わせる証左ではないか。

それでも純子は、祖母に従って高松に行くことにした。見たこともない町場というものを、一度自分の目で見ておきたかった。ボンネットにも乗ってみたかった。ただそれだけのことで行くことにした。

翌朝、二人はめかしこんで、ボンネットが走る路上に立った。やがて土煙を上げて迫ってきたボンネットを、手をいっぱいに広げた祖母が停めて、純子らはバスに乗り込んだ。ほかに乗客は二人だった。純子は迷わず、一番前の、景色が良く見える座席に腰を下ろした。バスの前方に続く土の道は、梅雨明けの熱気にひび割れて乾いていた。

十三

高松までの行程は最悪だった。随所にある轍《わだち》や道の凹みにボンネットは派手に跳ねた。しかしそれより何より純子を不快にしたのは、バスの中に充満する臭いだった。燃えるガソリンが発する臭いだ。毒の臭いだ。

気持ちが悪くなった純子は、バスが走り出して五分もしない内に、猛烈な吐き気に襲われた。純子の異変に気づいた車掌が「窓を開けまあせ」と言うてくれた。車掌は純子の足元にも及ばないが、まあまあ見られなくもない若い女だった。こんなに揺れるバスに立ち通しで、毎日こんな気持ちの悪い臭いを嗅いでいるのかと純子は女に同情した。

窓の開け方が分からず純子がおたおたしていると、車掌が窓を開けてくれた。窓を開けながら、車掌が小声で純子に言うた。

「外に吐きまい。中を汚されたら、ウチが掃除せなあかぬからな」

早口で言うて、キツイ目で純子を睨み付けた。言われるまでもなく純子は、バスの窓から貌を突き出して盛大に嘔吐した。純子のゲロは風で後方に飛び散ったが、半分くらいがバスの車体を汚した。それから高松に着くまで、純子は嘔吐を繰り返し、胃液まで空っぽにした。

大量の涙で白粉が剝がれてしまった。涎で紅が溶けてしまった。

祖母は、高松のバス・タアミナルの待合室で、丁寧に純子の化粧を直した。丁寧過ぎた。純子は察した。タアミナルを出て、どこに行けばいいのか、祖母には当てがないのだ。必死で考えていることを誤魔化すために、純子の化粧を入念に施しているのだ。

「いいかげんにせんか。早う行かんと、日が暮れてしまうじゃろ」

純子に促されて、祖母はタアミナルの老齢の係員を呼び止めた。祖母が辛うじて覚えていた屋号を口にすると「海運の親分さんのところかね」と初老の係員は首を傾げた。

親分？　船頭ではないのか？

純子は訝ったが、「そうじゃ、そうじゃ」と祖母は壊れたように首を縦に振った。祖母が口にした屋号に「組」を付けて、タアミナルの係員は事務所までの道順を教えてくれた。

「やけど、子供を連れて行くところではないで」

そんなことを付け加えた。

「どうしてじゃ」

「堅気の会社やないけんのう」

辺りを憚る控えめな口調で係員が言うた。

「ヤクザということかいな」

憚ることのない声で祖母が質した。

「婆さん。口を慎まんかいね。表向きは立派な海運業の看板を上げてらっしゃる会社じゃきに。滅多なことを言うもんじゃないけえ」

「何が悪いんじゃ。あほらしもない。ヤクザもん、御の字じゃ」

親切な係員に憎まれ口を吐き捨てて、祖母は純子の手を取り、タアミナルを後にした。教えられた道順を辿って、純子と祖母は、港に建つ三階建のビルに至った。ビルの入り口に『東讃興業』と書かれた大層な金看板が掲げられていた。

町場の道路は舗装され、車も少なくない数が走っていた。特にビルの前には、数台のトラックが駐められていて、そこでも純子は、バスの中で嗅いだ臭いに貌を顰めた。純子を不快にさせている臭いは排気ガスの臭いだ。駐められたトラックは、どれもエンジンを掛けたままで、ケツの管から、あの臭いがする青白い煙を吐き出していた。

トラックに荷積みしているランニングシャツの若者に、祖母は「社長はおらっしゃるか」と声を掛けた。

祖母は長尺の豆絞りの手拭いを吹き流しに被って、貌の左半分、潰れたほうを隠している。純子は純子で、いつものように花柄の日傘で貌を隠している。そんな二人に、若者は胡散臭そうな目線を送った。

「どちらさんで」

腰にぶら下げたタオルで貌の汗を拭って若者が訊ねた。真っ黒に陽に焼けて、全身に汗を滴らせる若者の肩から背には、見事な刺青が彫られていた。

「社長の古い馴染みじゃ。おらしたら、繋いでくれんかのう」

臆することなく祖母は言うた。

「どないな、お馴染みでしょうか」

「社長のおなごじゃったお馴染みやけに、面倒言わんと繋いでつかあさい」

「社長のおなご？　婆ちゃん、呆けたことぬかすんやないで」

若者が鼻で嗤《わら》うた。

「おい、先代のことやないか」

やや年長の男が割って入った。

「そや、先代の社長のおなごじゃ。この娘は、先代の落し胤《だね》やけん」

どこまでも厚かましい祖母だった。二人の若者が、忽ち構える恰好になった。純子と祖母は、二階の応接室と思しき部屋に案内された。若者が退いて、応接セットのソファーに座った純子は、並んで座った祖母に言うた。

「よう、あんな、口からでまかせが、ポンポン出るのう。おとろしわ」

「何がでまかせよ。半分ホンマやないか。先代ちゅうのが、あの時の息子やろ。生きとったら、ワシと同い年くらいや。ワシと、情を交わした仲なんやから、でまかせやないけに。そのうえバアチャンは、その親とも、ネンゴロしたんや。これほどのお馴染みがおるかいな。お馴染みも、お馴染みやけに」

やがて男が部屋に姿を現した。叔父くらいの年恰好だった。しかし叔父よりはるかに男ぶりが良かった。上下揃いの作業服をパリッと着込み、その襟元から彫り物が覗いていた。手首まで墨が入っていた。男は「社長の六車《むぐるま》です」と名乗った。

「何や、うちの親父のお知り合いとか」

向かいのソファーに腰掛けながら鷹揚に訊ねてきた。祖母が豆絞りを取り払って、崩れた貌を晒した。一瞬六車が祖母の異形に息を呑んだ。

「おお、知り合いじゃ。オマエさんの父ちゃんの、キンタマ咥えた知り合いじゃ。父ちゃんだけやない、オマエさんの爺ちゃんの、キンタマも咥えたぞ。なんならオマエも、郭で鍛えた女の味を教えてやろうか」

勢い込んだ祖母の口調に相手が思わず苦笑した。

「いや、ワシャ女房が怖えけん、遠慮しときますわ。で、本日の御用の向きは何でしょうか」

「御用の向きは、この娘のことじゃ」

「ほう」と息を吐いて六車が、紅白粉で仕上げた純子に目を向けた。

「ずいぶん念入りに化粧しとるけど、あんたら、旅芸人でもされとんですか」と言うた。

「オマエの、父ちゃんか、爺ちゃんか、二人の胤《たね》で産まれた娘の落とし子じゃ。オマエからすれば、腹違いの、妹みたいなものじゃやけに、と言うたらどうなさるかのう」

ははは ゝゝゝ
六車が豪快に笑うた。

「また急な話じゃのう」

愉快そうに言うてから、声色を変えて凄んだ。

「婆さん、ワシャ忙しい身でのう。年寄りのおちょくりにつきおうとる暇はないんじゃけん。その娘が、オレの血縁かいな。親父の書付でもあると言うなら、この先の話も聞くが、遊び半分で言うちょったら火傷するで」

「何を凄んどんよ。ちいとも怖えことないけん」

祖母が鼻を鳴らして続けた。

「挨拶代わりの冗談やけに。書付も何も、貌を見たら分かるじゃろ。オマエの家の血いで、これだけの別嬪が産まれるものか」

はははゝゝゝ
六車がさっきより、もっと豪快に笑うて言うた。

「口の減らん婆さんやで。やけど、さっきも言うたが、ワシャ忙しい身なんじゃ。足代くらいは若いもんに包ませるけん、用がないんやったら、出直してくれんかのう」

「おう、おう、この小便垂れが。テンゴぬかすんやないで。用があるから来たんやろ。目糞銭なぞ要らんけに、この婆の言うことを、ちゃんと聞かんか」

「ほたら、その要件たらを、のたまえや」六車が苛ついた。

「この子をな」と祖母が純子の頭髪を鷲摑みにした。六車に向けて純子の面を突き出した。

「買うて欲しいんじゃ」言葉短く言うた。

「買う？」六車が首を傾げた。

「買うてどうするんじゃ」

「どうもこうもあるか。男が女を買うたら、やることはひとつしかないじゃろ」

「ほうか。それで一晩いくらじゃ」

六車が祖母をからかうように鼻で笑った。

「一晩じゃないきに。身売りの相談じゃきに」

「こんな子供を、か」

六車が目を丸くした。

「子供じゃないきに。もう月のもんも始まっとる。ワシは、もっとコマイころに売られたわ。ほんで、月のもんが始まる前に客を取らされたわ」

「バアさん、いつの時代の話をしとんなら」

「ほんの五十年か、六十年前の話じゃ」

六車がため息を吐いて言うた。

「大正か明治かよ。今の時代に表立って、子供の売り買いなどできると思うとるのか。ましてや、春を売るなど、売防法を知らんのかい」

「誰が、表立って買うてくれと頼んどる。キサンもヤクザもんなら、裏があるじゃろ。裏の伝手《つて》を紹介してくれと言うとるんじゃ。御法に隠れた遊郭はどこにあるんじゃ」

「遊郭のう。似たものが無いわけやないけど、たぶん、婆さんの言うとる遊郭とは、全然違うもんじゃと思うで。今は、風呂が主流じゃけに」

「風呂？」

祖母が怪訝そうに眉間に皺を寄せた。

それから六車は、面白がるように、祖母に、昨今の売春事情を説明した。やっていることは裏だが営業自体は表に看板を出して、堂々とやっているということだった。

「風呂でこの子を買うてくれるんか」

祖母の質問に六車は首を横に振った。

「前金という形やったら、まとまった金を出しよるやろ。そやけど、それは売り買いやあれへん。言うたら借金みたいなもんや。まとまった金を借りて、それをコツコツ働いて返すちゅうことやな」

それでも良いと祖母は言う。

小さな蟠《わだかま》りが純子の胸に芽生えた。

オレが借金して、その金をバアチャンが懐に入れて、オレが働いて返すのか。

もともと純子に働くという意識はない。自分の美しさに男どもが群がり寄って、金を払うのではなく、金を貢ぐのだと、それこそ純子が、漠然と思い描いていた未来だった。

純子を無視し、身を乗り出している祖母を、圧し折るようなことを六車が口にした。

「オレもこんな稼業をしとるけん、そっちに知り合いがおらんわけやない。風呂に沈めたいんやったら、馴染みの店を、紹介せんわけやないけんど、子供はあかんわ。一発で、店が挙げられてしまうわ」

男の話を聞くうちに、純子は、徐々に胸糞が悪くなってきた。いきなりソファーから立ち上がって祖母に言うた。

「バアチャン、こいつ、あかんわ。能書き垂れるばっかりで、何も知らん若僧やないか。こんな男に、何ぼ相談しても埒《らち》明かんわ。時間の無駄やけに」

止めようとする祖母を振り切って純子は部屋を出た。男に謝り、また何ぞあったらお願いしますと、腰を低くして辞去する祖母を蹴殺してやろうかと思うた。

十四

純子は六年生になった。

祖父はまだ寝たきりで、叔父は町場に行ったきり、はがきの一枚も送ってこない。純子の家の経済は、ますます逼迫したものになった。父が送金してくる養育費だけが頼りの生活だった。苦しい工面をしながら、それでも祖母は、純子を飾る服や紅白粉に出費することだけは厭わなかった。それがずいぶん無駄に思えた。

高松に純子を売りに行って果たせなかった祖母だった。爾来《じらい》、祖母はそれに類する話題を避けるようになった。純子が督促すると「中学生になれば」と視線を逸らせて言葉を濁した。

そうこうしているうちに夏休みになった。夏休みには学校の給食がない。給食費など払ったことはないが、学校は給食を喰わせてくれた。その給食がなくなり、純子は、いつも腹を空かせていた。

その日も純子は川で軆《からだ》を洗った。選んだ場所は、いつものように家の近くの浅い瀬ではなく、もう少し山を下った淵だった。そこなら水を浴びるのではなく、水に浸かることができた。ゆっくりとした流れの中で、純子は、久しぶりに軆を遊ばせた。

木漏れ日の淵だった。小さな光の影が、水に濡れた純子の軆を輝かせた。じゅうぶんに軆を水に馴染ませて水から上がった。膚《はだ》を焼きたくはなかったので、木陰の叢に冷えた軆を横たえた。純子の膚が弾く水滴は、八月の乾いた風に忽ち蒸散した。

クシュン
鼻を鳴らして純子は立ち上がった。全裸のままだった。そよ風が撫でる自分の身体を射るような視線を、純子は最前から感じていた。それは水の中にいるときから、膚に感じていた視線だった。視線に向けて、全裸の身をひけらかすように、両の拳を天に突き上げて大きく純子は背筋を伸ばした。軆を解放した。

パキリ
川向こうで枝を折る音がした。

「隠れとらんで、出て来まい」

純子は、澄んだ声で音のほうに語り掛けた。

藪から少年が姿を現した。真っ黒に日焼けした手足がすらっと伸びた少年は、右手に青い葉をつけた木の枝を握りしめていた。

「ここは、いつもオレらが、水遊びしとる場所じゃけん」

かすかに震える声で少年が言うた。

「そやけん、どした?」

せせらぎを転がるように、純子の声が少年を嗤った。

「オマエがおるから、みんな、いんでしもうたわ」

「何じゃ、オマエらは、裸のオンナが怖いのか」

「オレは、怖わない」

そう言いながらも少年は、木の枝を、まるでそれが武器であるかのように構えたままだった。

「だったら、こっちへ来い。もっと、近くで見せてやる」

一瞬の逡巡があって、少年が、ズック靴のまま淵のすぐ下流の瀬を渡った。淵から離れて、流れを早くした川の水が、少年の足元で水飛沫を上げた。夏の光を受けて、眩《まばゆ》く輝く少年の白いズック靴を純子は見つめていた。里でズック靴を履く子供は少ない。たいていは藁草履だ。純子もそうだ。草鞋《わらじ》の鼻緒は、純子が幼いころに着ていた赤い着物の端切れだった。

――下の三軒家か。

瀬の流れに洗われる少年のズック靴に、純子は、少年の身元に当たりを付けた。

下の三軒家。もともと、今の里人が住み着く前に、里に所帯を構えていた三軒だ。いちばん住むのに適した場所に家を建て、畑も多く持っている。奥へ奥へと、点在しながら広がる里の、起点となった。

貧困の里にあっても、三軒家の連中は裕福な暮らしを営んでいた。

川を渡りきったところで、少年は足を止めた。それ以上、歩を進めることを躊躇した。

純子の裸体に向けられた視線は、そのままだった。凝視していた。

ツツツツ、ツゥウゥウゥ
少年の小ぶりな鼻から、一筋、鼻血が垂れた。そのことにも気付かずに少年は、純子の裸体に捉われたままだった。

あはははゝゝゝ
高らかに純子は嘲り笑った。

「何が可笑しい」

少年が口を尖らせた。それには構わず純子は誰何した。

「名前は何という。何年生だ」

「山本信弘《やまもとのぶひろ》だ。中学三年生だ」

憮然とした口調で少年が答えた。

その名前に記憶があった。慥《たしか》、中学の級長だ。純子が通う学校では、学年ごとではなく、小学生と中学生、それぞれに級長を置いている。たいていは最上級生が務めた。小学の級長と中学の級長では位が違う。朝礼を仕切るのも、学校行事の先頭に立つのも、中学の級長だった。なるほど、そう思って見れば、山本信弘は利発そうな貌立ちをしている。

「オマエは、糞汲みの純子やろ」

相手は純子の素性を知っていた。学年が離れているとはいえ、全校生徒が二十人もいない学校なのだ。知っていて当然だ。ただ他人にまるで興味のない純子は、少年の貌に記憶はなかった。それにしても、糞汲みの純子とは何という言い草だ。間違ってはいないが、ほかにオレを言う言葉はないのか。呆れたが、それが純子の怒りを刺激することは毛ほどもなかった。寧《むし》ろ、そう思われていることが心地よかった。オマエらとは違うんだ。蔑視でも何でもいい。オレは特別な存在なのだ。

「糞汲みは廃業した。バキウムカアのせいでな」

皮肉を込めて答えた。

行政による糞汲みを働きかけたのは、下の三軒家の奴らだと、祖母から純子は聞いていた。里の世話役のような立場にある三軒家だった。

「今は何をしているんじゃ」

「何もしてないけん」

少なくともオレは、祖母や祖父や叔父のように、そしてオマエらのように、額に汗して働く人間ではないのだ、その思いで言うたが、純子のそれは、少年には伝わらなかった。

続けて質問された。

「これから、何をするのだ」

「子供のオレが知るかよ」

町場の大尽に買われてこの里を出るのだと、胸を張って言えないことに、純子は微かな苛立ちを覚えた。バアチャンのせいだ。あれだけ繰り返し、オレの行く末を語ったのに、すでに前の年、女のしるしもあったのに、オレの売り先を決められずにいる。

ツツツ、ツウウウウウ

少年の鼻血が止まらない。漸《ようや》く気付いて手のひらで口元を拭った。血塗れになった手に目をやって、少年は慌ててシャツの裾で貌を拭った。それは血を広げただけだった。貌半分が血で汚れた。シャツも汚れた。

「何か食い物はないか」

純子が少年に言うた。前の日から、何も食べていなかった。コイツなら、食い物をなんとかするだろうという予感があった。

「食い物?」

突然の申し出に、少年が呆けた貌をした。

「腹が減っているんや。食い物をくれたら、もっとオレの裸を見せてやる」

少年が生唾を飲み込む気配がした。その様が面白くて純子はさらに言うた。

「何なら、オレの乳を揉ませてやる」

少年が身を固くした。純子はそれぞれの手で左右の乳房を鷲掴みにして、少年を挑発した。少年の目線が、忙しく、純子の乳を右往左往した。両の乳首に熱を感じた。少年がみるみる貌を赤く膨らませた。

「食い物がないのなら、これまでやけに」

足元の服を拾うた。綿のパンツに足を通した。

「ま、ま、待てや」

言葉に閊えながら少年が言うた。

「家に帰ったら、な、な、何かあるけん。待っちょれや」

情けない声で哀願して身を翻した。数歩走って、振り返り、名残惜しそうに純子に目を向けて、再び走り出した。

「待っちょるんやで。必ず、必ず、待っちょれやあ」

声高々に喚きながら少年が川辺の叢に躍り込んだ。

ウアアアアアア――――

自分より背丈の高い夏草を薙ぎ倒しながら、咆哮《ほうこう》を放って、少年の姿が消えた。

それから小半時も純子は待たされた。

川の水で冷やされた躰が小刻みに震えたが、日溜まりに出ようとはしなかった。幼いころから日焼けを厳に禁じられたことが身に沁みていた。

服を着て、木陰に蹲《うずくま》って少年の戻りを待った。少年を待ちながら、純子は、ほくそ笑みが零れるのを止められなかった。祖母にも想像できなかった未来の扉が、少し開けた予感がした。

やがて息を切らせて少年が舞い戻った。戻ってきた少年が手にした包みを見て、さらに予感が広がった。

少年は、手当たり次第といった感じで、餡子餅や、林檎や、駄菓子を持ち帰った。その中で、特に純子の目を惹いたのは、笹の葉に包まれた固い飯だった。魚の切り身が載ったそれは、純子の知らない食い物だった。

笹の香りと、微かに鼻を刺すような甘酸っぱい匂いは、純子をうっとりとさせた。口の端から涎が垂れるのを止められなかった。もとより、そんなことを気にする純子ではなかった。

涎を垂らしながら頬張ると、旨味が口の中で爆発した。初めての味わいに、持って行かれそうになった。

「な、な、何だこれは」

「カンカン寿司やけん」

得意げに語る少年の話によれば、カンカン寿司は、本来は鰆《さわら》で作るものらしい。鰆は瀬戸内海の高級魚で、春にしか獲れない。少年の家では、夏は鯵《あじ》で代用する。木枠に酢飯をぎっしりと詰め、その上に、酢でしめた鰆や鯵の切り身を敷き詰め、蓋をし、楔で木枠を締め付け、その楔を木槌でカンカン叩く音がカンカン寿司の由来で、それを一晩寝かせて――

少年の長ったらしい講釈を、ほとんど純子は聞いていなかった。少年が説明し終わる前に、五切れあった寿司をすべて平らげてしまった。

カンカン寿司を平らげた純子は、餡子餅に手を伸ばした。咽喉を詰まらせながら、それも忽ち平らげた。林檎も駄菓子も貪るように胃に詰め込んだ。ポッコリ膨らんだ腹で、草の上に寝転んだ。それで初めて、自分の傍らに佇む少年に注意が向いた。慥、山本信弘と名乗ったな、などとぼんやり考えた。

「あのう」

寝転んだ純子に信弘がおずおずと言うた。

「待て。ちょっと待ってくれ」

寝転んだ恰好のまま手を差し上げて、純子は掌で信弘を制した。

「食い過ぎて苦しいんだ。約束どおり乳は揉ませてやるから、ちょっと待ってくれ」

「いや、そういうことじゃなくて」

忽ち貌を真っ赤にした信弘が首を振った。

「ん？　乳は要らないのか」

純子が訊ねると信弘の貌が歪んだ。

「欲しいけど」ウジウジと言うた。「そんなことより、明日も会えるかな。また食いもん持って、ここに来るから」

「何だ、そんなことか」

軽く微笑んでやった。予感だ。さっき覚えた予感が当たっていることに、純子は身体の芯が熱くなった。そして鷹揚に言葉を発した。

「食い物を持って来るなら、会ってやらないこともないけん。そやけど、それだけでは芸がない。何ぞほかに、持って来れるものはないのか」

自分で考える妖艶な眼差しを信弘に送った。実のところ純子は、妖艶な眼差しというのが、どんなものか知らない。脳を高速で回転させて祖母の読み聞かせを手繰った。

（ねっとりとした）

（相手を掬い上げるような）

（纏わりつくような）

（じっとりとした）

そんな語彙が次々に浮かんだが、どれもしっくりこなかった。

純子の思惑も知らずに信弘が言うた。

「食い物以外で、何がええんじゃ。金か。金なら少しはあるが、金庫に納めてあるんで、持ち出すのは難しい」

情けない声だった。

「少しはあるのか」

「局をやっとるけん。常に、二十万円くらいはあると思う。里の人間の郵便貯金じゃ。本局の人が取りに来るまで、一時保管しとる。払い戻しもあるけんな。そやけんど、それに手を出したら、ガイナ（大変な）ことになる」

臆したような信弘の言葉に純子は目を細めた。薄い目で睨み付けた。無言で相手に圧力を掛けた。少年が狼狽した。

「いや、持ってきちゃる。金庫ごと持ってきて、ここで打ち壊せばええんじゃ」

こいつ、危ないことを言うとる。それを判断するくらいの冷静さはまだ残っていた。

「それは要らん。いや、今は、要らんということじゃ。いずれは貰うかもしれん」

含みを持たせて言うた。信弘の貌に安堵の色が窺えた。

「とりあえずは食い物を持って来い。それから化粧道具やな。オマエのカアチャンの化粧道具をくすねて来い」

金詰まりで、化粧道具も底をつきかけていた。

「オマエが持って来いというのなら、持って来るが……」

信弘が口籠った。

「どうした。それも駄目なのか」

落胆を装って言うた。信弘が激しく頭を振った。

「いや、持って来るのは構わんけど、オマエが化粧をするんか」

「何が言いたいんだ。オレ以外の誰が化粧するんなら」

「オマエ……」

信弘が何か言いたげに唇を震わせた。

「言いたいことがあるのならはっきり言え。グズグズされるとイラつくけん」

純子は上体を起こして胡坐を組んだ。信弘を見上げる姿勢になって、それが気に喰わなかったので「オマエも座れ」と命令した。信弘が純子の前に正座した。そして鼻の頭に汗を浮かべ、閊《つか》え閊え語り始めた。

「オマエ、……綺麗じゃ。初めて……化粧落とした……貌を見たが、白塗りより、今のほうが、百倍……綺麗じゃ。化粧なんぞ……せんほうがええ。ほんまに……綺麗じゃ」

まだ幼い少年の不器用な告白が、純子の胸に火を点けた。

「そんなにオレは綺麗か」

その言葉を、もっと言わせたかった。もっと聞きたかった。

「ああ、綺麗じゃ。この世でいちばん綺麗じゃ」

「もっと言え。もっと言うてくれ」

「純子は綺麗じゃ。観音さんより綺麗じゃ。カアチャンの買うとる雑誌の表紙の女優より、純子のほうが何ぼも綺麗じゃ。モデルも比べもんにならん。純子に比べたら狸みたいなもんじゃ。テレビに出とる女優なんぞも比べもんにならんほど純子は別嬪さんや」

とり憑かれたように信弘が言葉を連ねた。純子は、體《からだ》の底から込み上げてくる笑いを抑えることができなかった。

あははは〱〱　オレは綺麗か　あははは　そうか　綺麗か

信弘が壊れたように、口を開けたまま、がくがくと顎を上下させた。

十五

家に戻った純子は、さっそく地蔵のもとを訪れた。今日あったことを、誰かに聞かせたくて堪らなかった。

「オイ、聞いてくれ」

「何だ。どうしたん」

地蔵に問い返されて戸惑った。どう説明してよいのか脳が混乱していた。

「カンカン寿司を食うたことはあるか」

寧ろ、どうでもいいことを口にしていた。

「鰆の押し寿司か。あれなら何度も喰ったが、それがどうかしたか」

「あるのか。オマエは地蔵の分際で、喰ったことがあると言うのか」

「地蔵だからあるんじゃないか。馬鹿かオマエは。供物に貰うんだ」

「オレは初めて喰うた。あれは、美味いな」

「初めて喰うたか。そんなに美味かったか」

地蔵が純子を見下す目線で言うた。

「糞より美味かったか」

問われて純子は考え込んだ。糞の中に混じる、あのツルリンとしたやつ。あれより美味いかどうかと問われると、言葉に詰まった。

「喰い物と糞を比べる奴があるか」

そう応えた。糞は別物だと思った。

「そんなことより」

本題はカンカン寿司ではない。純子の美貌が信弘を屈服させたことだ。もしあの場面で、局の金を持ち出せと命令していたら、明日信弘は、迷わずに金庫ごと持ち出していただろう。親を殺してでも持ち出していたに相違ない。

そう、親を殺しても、だ。

その気配を感じたからこそ、純子は、あえて金の持ち出しを唆《そそのか》さなかった。親を殺したのでは面倒なことになる。子供なりの冷静な判断がブレーキを掛けた。あの瞬間のことを思い出すと、また胸が熱くなる。オレの美貌は他人を、少なくとも男を狂わせ、支配することができる。聞いて欲しかったのは、それを発見したということだ。

さらにオレは、化粧などしなくても、男が震えるほどの美貌を備えているのだ。それも発見だった。化粧は、するのも落とすのも面倒だ。そんな無駄なもの、オレには必要ないのだ。なけなしの金を叩いてまで求めるものではないのだ。これからは堂々と素顔を見せてやる。それで周囲がどう騒ぐか、考えただけで、嬉しすぎて小便をちびりそうになる。

「そんなことより？」

地蔵に問われて純子は我に返った。

我に返って、随分と自分が疲れていることに気付いた。興奮疲れだった。

この後、今日の経緯を地蔵に語れば、また興奮が甦ってしまう。カンカン寿司と餡子餅と、林檎と駄菓子と──満腹だった。眠気があった。

明日も信弘の相手をしてやらねばならない。信弘は鏡だ。どんな鏡より、純子を正直に映してくれる鏡だ。明日に備えて休んでおこう。明日は朝から、あの淵に出かけよう。時間を約束したわけではないが、日の出を待ちかねて、信弘は淵に足を運ぶに違いない。

「疲れたから寝るわ」そっけなく言うて純子は井戸端を離れた。

「おいおい、待てよ」呆気に取られて呼び止める地蔵を、純子は無視した。

十六

翌日、日の出を待ちかねて淵に足を運んだのは、寧ろ純子のほうだった。

陽は未だ山の陰にあり、淵の底は夜の気配を残していた。

純子は着衣をすべて脱いで、爪先を淵に入れた。冷たい水の感覚に身体が竦んだ。ゆっくりと身を淵に滑り込ませて、静かに水に浮かんだ。全身を、頭まで水に浸し信弘が来ていなかったことを恨んだ。

臆したのか?

そんなことを考えた。

オレの美貌に臆したのか?

都合の良いほうにしか考えられない純子だった。

臆したのだな。

そう納得して貌を水に浸けた。化粧はしていなかった。化粧を落として帰ったことを、昨夜、祖母に詰られたが、相手にせずに聞き流した。バアチャンは分かっていないのだと、まともに聞く気にさえならなかった。

オレに借金させて働かせて、オレに借金を返済させて、それは祖母が口にしたことではなく、六車とか名乗る相手の男が言うたことだが、祖母はそれに興味を示した。それが赦せなかった。興味を示したということは、そうする気があったということだ。

しかし六車も、子供のオレでは店に出せないと情けないことを言うた。

力がないのだ。そんな男に、それでも祖母は縋ろうとしていた。見限って席を立った純子を半身で追いながら、みっともないほど何度も、何度も、六車に頭を下げていた。

バアチャンは当てにならん。

　それが純子の結論だった。

　一方で、昨日のことはどうだ。純子は、自分の美貌で忽ち信弘を誑《たら》し込んだ。

　ザマアミロ
　オレはそれだけの値打ちがある女なんだ。

　信弘だけではない。この里の、男という男を、オレの美貌の虜にしてやる。最早、ひもじい思いなどしなくていい。食い物どころかべべでも金でも思いのままだ。

　純子の妄想は拡がった。

　しかし子供の純子には、それが幼いころから植え付けられた贅沢な暮らしと、どう結びつくのか、はっきりとは描けなかった。信弘ひとりを手懐けたことくらいで、積年の夢が叶うのかと問う声が、胸のうちにあった。ただ、それを疑問に思うには、あまりに純子は楽天的だった。

　今日信弘は、どんな馳走を持って現れるのだろう。寧《むし》ろ、その想いに気持ちが揺れた。

　昨夜は腹が膨れていて何も喰っていない。今朝もだ。純子と祖母の食事は、ずいぶん長い間、僅かな味噌か塩で味付けした粥だった。それも日に日に薄くなった。カンカン寿司を喰った後で、そんなものに箸をつける気にはなれなかった。

　ビンボウクサイ
　生まれて初めて純子に芽生えた感情だった。今までも貧乏だったが、それを自覚することは、ましてや苦に思うことは、一度たりともなかった。

いずれは町場のお大尽の妾になって——そんな目標が、自分の家が貧乏だと思う気持ちを希釈していた。同じ貧困の里の住民とはいえ、その食卓に並ぶカンカン寿司を口にした。信じられないほどの美味さだった。それが特別な日に饗される料理だということまでには思い至らなかった。こんなものを毎日喰っているのかと素直に驚いた。あまりの落差に愕然とした。祖母の作る野菜の煮込みなど、かりにそれに、ウシガエルの肉が加えられていたとしても、とても太刀打ちできるものではない。

淵の緩やかな流れに身を任せながら、純子は、自分を凝視する視線を感じていた。藪の中に潜む人の気配を感じた。

来たか。それにしても遅いわ。

口に出さず信弘を詰りながら純子はほくそ笑んだ。

来るのは分かっていたが、来たことに安堵した。

もう少し愉しませてやるか。やれやれ、楽ではないのう。

淵の浅瀬に立って、わざとらしい背伸びをしてみたりした。

女も男も、色の駆け引きは、相手を焦らすものだと、幼いころからの教育で知っていた。しかし具体的にどうするのか、やはり思い浮かばなかった。どうも祖母の教育は、大事なところが抜けているようだ。二度背伸びして、そうそう背伸びばかりもできないので、腰に手をやって仁王立ちになり、人の気配がする藪に正対した。

「いつまで隠れとんな。おるのは分かっとるから、ちゃっちゃと出て来んな」

透る声で呼び掛けた。

ガサゴソ、ガサゴソ、ガサゴソ

怖ず怖ずと姿を現したのは三人の少年だった。信弘が先頭に立っていた。

「ラジオ体操があって、遅れてしもうた」

首からラジオ体操の通い帳をぶら下げた信弘が言い訳した。他の二人も、同じように通い帳をぶら下げていた。

「オレら、体操の指揮やけん、休まれへんのや」

なおも言い訳をする信弘を純子は可愛く思った。ほうか、ほうか、と頭を抱き締めてやりたかった。しかし他の二人はどういうことなのか。純子は胸も前も隠さず、二人に視線を送った。それに気付いた信弘が言うた。

「三軒家の信明《のぶあき》と信夫《のぶお》や。信明は中2で、信夫は中1やけに」

紹介された二人が、顎を前に突き出す恰好で会釈した。信弘も信明も信夫も、手に、手に、風呂敷包みを提げていた。食い物に違いない。純子は頭の中で快哉を叫んだ。

今日は三人分か。

死ぬほど喰うちゃる。

すでに涎が口の端から泉のように零れていた。

純子の快哉《かいさい》は食い物だけではない。信弘に続いて、信明、信夫、里でいちばんの金持ちである三軒家の跡取り三人が揃ったのだ。しかもそれぞれが純子への貢物をぶら提げている。快哉を叫ばずにいらりょうか。

貢物は、信弘らが母親に強請《ねだ》った弁当だった。山歩きをすると言うて、作って貰うたと信弘が言い添えた。さっそく木陰で円陣に座り弁当を開いた。裸のままでいて少年らを愉しませたかったが、冷たい水に浸かり、すっかり体が冷えていたので服を着た。

信弘は純子のために、ビニールの敷物まで持って来てくれていた。

草の上に並んだ弁当箱に純子は歓声を上げた。おかずは見たこともないものばかりだ。それらが放つ匂いで、また涎の腺が決壊した。

「先ずは信弘の弁当から摘まもうかのう」

鷹揚に言うて手を伸ばすと「いやそれは、オレのだ」と、信明だか信夫が言うた。どっちがどっちだったか確認しようとして、純子は不意に思いついた。

「オマエらの名前はややこしいから、オレが名を付けちゃる。いちばん年長の信弘、オマエは中3やからノブ3や。信明は、どっちだ」

ずんぐりとした、里では珍しい肥満体型の少年が手を挙げた。

「よし。オマエは中2やから、ノブ2だ。そしてオマエは」と純子は、カマキリを思わせる少年を指差した。眼鏡をかけた少年だった。「ノブ1や。それでええな」

全員が眩しそうに純子に目をやって肯いた。こんな風に記号化して相手を呼ぶことで、純子は益々悦に入った。自分が女王様にでもなったかのように錯覚した。

「では、ノブ3の弁当を頂くぞ」

箸に四角い黄色のものを刺して「これはなんだ」と訊いた。明るい黄色が目立っていたので、それにした。

「出汁巻き卵やけん」ノブ3が答えた。

「そうか」と頷いて口に含んだ。得も言われぬ風味が口いっぱいに広がった。箸が止まらない。四切れを次々に口に放り込んだ。口がいっぱいになった。

ングング　ングング
頬を膨らませて食べる純子にノブ3が、水筒から蓋に茶を汲んで差し出した。その茶を口に含んで、純子は驚嘆の声を上げた。

「な、な、何だこれは。茶が熱いぞ。熱いじゃないか」

ノブ3が嬉しそうに解説した。

「先月トウチャンが買うてきた保温水筒じゃけん。今までのと違うて、落としても割れん、象印のプラボトルじゃ」

「プラボトルというのか。落としても割れんのか」

純子は感心して、プラボトルというものをノブ3から受け取った。しみじみと眺めてみた。世間は進んどる。オレを置き去りにして世間は進んどる。これじゃいけん。このままじゃいけん。そんなことを取り留めもなく、思うたりした。

ノブ2の弁当には、エノキダケの肉巻が入っていた。

いちいち反応するのが面倒なほど、美味かった。

ノブ1の弁当には、ハンバーグが入っていた。

甘いというか、辛いというか、その美味さを表現する言葉を純子は持たなかった。

三人の弁当を一通り食べて、純子は大きな溜息を漏らした。満足の溜息だった。

味の濃いものばかり食べた純子の目線が、ノブ3の弁当箱に詰められた胡瓜の塩揉みに留まった。箸で刺して一切れ口に放り込んだ。

シャキシャキ……シャキ……シャ……

咀嚼する音が次第に迷いがちになり、ついには止まってしまった。吐き出そうかと思ったが、ノブ3に遠慮して、純子はそのキュウリを嚥下した。

口直しにと、ノブ2の茄子の煮浸しを箸に刺した。

グニュグニュ……グニュ……グ……

また咀嚼が止まった。茄子も純子は嚥下した。

ノブ1の弁当箱からは瓜を選んだ。

味噌漬けだった。咀嚼した。

パリパリパリ……パリ……パ……

喰えたものではなかった。さすがに三度も続くと堪らずに吐き捨てた。

「不味い」

思わず呟いてしまった。

「野菜が嫌いなの？」

あどけなさの残るノブ1がおずおずと純子に訊ねた。その声に純子は我に返った。自分のために弁当を持ってきてくれた三人に罪悪感を覚えた。さらに、弁当を作ってくれた三人の母親にすまないと思うた。

純子が野菜を嫌いなわけがない。幼いころから、肥仕事の駄賃で祖母が貰い受ける里の野菜を喰って育った純子なのだ。祖母は塩か味噌だけの乱暴な味付けだったが、少年らの弁当の野菜は、それ以外にも、彼らの母親らの工夫が感じられた。砂糖とか、味醂とか、ほかにも知らない調味料が使われているのだろう。鰹節とか、炒り子とか、干椎茸とか、これもよく分からないが、出汁も使われているのに違いない。

純子が不味いと感じたのは野菜そのものの味だった。それを素直に口にした。

「何か、イガイガしているんだ」

「イガイガ？」

ノブ3が首を傾げた。

「ああ、毛虫を喰ったみたいだ」

「えっ、毛虫を食べたことがあるの」

ノブ1が眼鏡の奥の目を丸めた。

「あるわけないだろ」純子は苦笑した。「物の喩えだ」

「うちのジイチャンも、同じことを言うとったわ」

ノブ2が言うた。

「最近、よその畑の野菜の味がおかしい言うとる。エグイ、エグイ、言うとったわ」

「信明のジイチャン、自分だけの畑で、野菜、作っとんやな」

ノブ3の言葉に純子は考え込んだ。思い当たることがあった。

下肥か。

野菜の味が最近変わったということは、ほかに要因が考えられないではないか。前にあって今にないものは、下肥だ。

「ジイチャンの畑に案内してくれ。ちょっと、確かめたいことがあるけん」

三人の返事も待たずに弁当箱を仕舞い始めた。三人が慌ててそれを手伝った。仕舞い終えた弁当を、来た時のように三人がそれぞれ手にし、純子らは、水辺の木陰から日が照りつける河原に出た。

「おい、純子」ノブ3が純子を呼び止めた。

「オマエ、日傘は構わんのか」

言われてみたら、その日は朝早く家を出たので、日傘を持ってくるのを忘れていた。

純子は空を仰ぎ見た。

ジリ　ジリ　ジリ　ジリ
初めて直視する夏の太陽が頭上で燃えていた。

陽光が盛大に降り注いでいた。

太陽を見上げ、目を細めて、純子は膚に感じるその刺激を愉しんだ。光の粒を感じた。

自分が浄化されているような気持ちにさえなった。匂いも感じた。光の匂いだ。光は、前日ノブ3の信弘に喰わせて貰った林檎の皮の匂いがした。

大きく息を吸い込んで純子は言うた。

「早よ、行こう」

三人を促して、叢の中に足を踏み入れた。草いきれも新鮮だった。自分が初めて夏を体験していると思うた。叢から土の道に出た。潔い真っ黒な影が純子らの足元にあった。影を従えて、純子ら四人は、ノブ2のジイチャンの畑を目指した。

途中純子は、里の異変に気付いた。肥の匂いが消えている。懐かしい匂いがしない。そのことが純子を不機嫌にし、また不安にもした。

ノブ2のジイチャンは炎天下で畑で草毟《むし》りをしていた。ジイチャンの畑に近づくに連れて、純子の鼻孔は、懐かしい匂いを捉えていた。肥の匂いだ。

「おう信明か、どした？」

孫の姿を見つけ老人が相好を崩した。

「帽子も被らんと、ウロウロしとったら、日射病になるで」

苦言を口にしたが、嬉しさを隠せていない声だった。

「信弘と信夫も一緒か」

ノブ2のジイチャンの視線が純子に止まった。

「はて？」目を見開いていた。

「里の子でもないし、親戚の子やったかいな」

ニヤニヤ　ニヤニヤ　ニヤニヤ
三人の少年は老人の反応を愉しんでいる。

「いや、いや。うちの親戚に、こんな別嬪さんはおらん。ワシもええ歳じゃが、これだけの別嬪さんを忘れるわけがない。これでも男じゃきにのう」

老人の別嬪さんという言葉に、少年らは貌を見合わせ、誇らしげに破顔した。

「純子じゃきに」

ノブ3が声を張り上げた。ノブ2がそれに続いた。

「糞汲みの家の、純子やきに」

「あれま」

老人がさらに目を丸くした。

「あの純子ちゃんかいな。おとろしいほど綺麗じゃのう」

演技ではなく、呆れたように口を半開きにした。

「純子がのう、里の野菜が不味いと言うとるんじゃ。イガイガする。毛虫を食べたみたいやとな。うちのジイチャンもそう言うとるわって教えたら、ジイチャンの畑を見たい言うての、連れてきたんじゃ」

孫の言葉に老人が目を細めた。

「ほうかほうか。こんな嬢ちゃんにも、それが分かるか」

老人の足元には、間近に収穫を控えた大根があった。それを純子は指さした。

「喰って、ええですか」

「ああ、なんちゃ構わんけん」

どれと、老人が腰を屈めて、大根の葉元を摑んだ。そのまま一気に土から引き抜いた。

「これをやるけん。食べてみんさい。遠慮せんでええけんな」

差し出された大根の胴体を右手で摑んで、純子は受け取った。受け取るなり、左手で葉を束ねて口を近付けた。齧り付いた。

ワシャワシャ　ワシャワシャ
無造作に大根の葉を食べる純子に三人の少年たちが慌てた。

「そこは食べるとこと違うけん」

「生で食べたらあかんけん」

「腹壊すけん」

口々に言うた。老人だけは止めもせず、にこにこしながら純子を見ていた。葉を味わった純子は、いきなり大根の胴体に歯を立てた。一口嚙みとって咀嚼した。

シャリシャリシャリ　シャリシャリシャリ
「洗わんと、土塗れやないか」

「生で食べるんか」

「腹壊すけん」

少年たちの混乱を純子は無視した。

ペッ　ペッ　ペッ　ペッ
口の中に紛れ込んだ土や砂や小石を吐き出しながら純子は老人に微笑んだ。

「美味いです」

「ほうか、ほうか。ワハハ、美味いか。美味いか」

ワハハハ〵〵
老人が高らかに笑うた。

「これ、もろて帰ってええですか」

純子が、翳った大根を老人に差し出した。

「何が悪いことがあろう。ええに決まっとるやないか。お嬢ちゃんに上げた大根や」

純子の頭を撫でて、老人が三人の少年に向かって言うた。

「オマエら、美味いもん喰わしてやるから、近くで薪になるもん拾うてこい。今まで喰うたことないもん、喰わしてやるけに」

呆気にとられたまま三人の少年は近くの森に走った。

「あの子ら帰るまで、ここに座りまい」

老人に勧められて、純子は老人の隣、畔《あぜ》に腰を下ろした。貰った大根を、赤子のように腕に抱えたままだった。

「あの子らにはあんまり聞かせとうない話やけん」

断って、老人が毛糸の腹巻から煙草を取り出しマッチで火を点けた。煙草の淡い煙はふくよかな香りがした。同じ淡い煙でも、バスや車が吐き出す煙とは大違いだった。

「里の野菜が不味うなったんは、人造肥料のせいや。この畑は、お嬢ちゃんの叔父さんやお爺ちゃんが、汲んで運んでくれた肥壺の下肥を使うとる。人造肥料は、取れ高ばかりは上がるが、野菜がエグうなって、なんちゃ、ええことない」

老人の声が寂しげに聞こえた。

「やったら、人造肥料をやめて、肥に戻したらええんと違いますか」

叔父に帰ってもらわなくてはならないが、そうなったら、純子の家の家業も元に戻る。

「それができんのじゃ」老人が苦しげに頭を振った。

「あの子らに聞かせたくないちゅうのは、この後の話や。里の百姓は借金に縛られとる。農協から借りとるのよ。収穫があると、借金の形に取られてしまう。人造肥料を使うことで、穫れ高も三倍になるやろう。そやけど増えた分は、全部農協さんに取られるんよ。取られるけど、それが借金に足りるほどではない。ほんで次の年も人造肥料や。また借金が嵩むだけや」

老人が煙草の煙と一緒に深い息を吐いた。

「寄生虫のこともあるしな。若い母親らが、寄生虫、寄生虫と大騒ぎしよってから」

忌々しげに言うた。

「まあ、胡麻の油と百姓は、絞れば絞るほどというのが、今も変わらぬ昔からの、お上の考えじゃけん、いまさらそれをどうこうはできんけど、そやけど、こんな里の百姓の経済にまで、目を着けるかのう」

サワサワサワサワ
老人の言葉が、いつの間にか里に流れ始めていた夏の風に紛れていく。

少年たちの声が聞こえた。

三人は、手に、手に、薪を抱え、老人のもとに戻った。老人はその薪を組んで、細い枝にマッチで火をともした。火を加減してから、畑の大根を一本抜きとり、腰の鎌で適当な長さに切り分け、余っていた枝に刺した。それを純子と、三人の少年に持たせた。

「これを、銘々火にかざすんじゃ。ええ具合に焦がすんじゃ。枝が燃えんように注意するんやで。夏大根は、焼くのが一番じゃきに」

ノブ2が不安げに言うた。

「ジイチャン洗わんで食べていいんか」

「気にすな」

ノブ2が祖父に睨まれた。

焦げた大根に純子は歯を立てた。

ジュワワワ
信じられないほどの汁が溢れ出た。口の端から零れて、乾いた土に黒いシミを描いた。

驚くほど甘かった。

三人の少年らも、熱い大根の汁に燥《はしゃ》ぎながら、美味い美味いと大根を喰った。一本では足りなくなり、二本三本と、老人は大根を引き抜いた。

火を通しても寄生虫の卵は死なない。老人の家では、下肥を使った野菜を食べることを禁じている。どうせ家の者が食べないのなら、大根以外にもいろいろ作っているので、好きな時に好きなだけ採っていきなさいと、老人は純子に言うてくれた。

大根の他に、胡瓜と茄子と枝豆を貰った。腕いっぱいに抱え、夕日を浴びながら純子は家路についた。三人が持ってきてくれた弁当の残りは、一番大きいノブ3の弁当箱に、野菜を捨てて、ぎゅうぎゅうに詰めた。

日に焼けた膚に夕方の風が心地よかった。

この夏は忘れない。

ずいぶん大人じみたことを、純子は考えたりした。

十七

日焼けして帰った純子に、祖母は驚きを顕にしたが、叱ることはなかった。高松に純子を売りに行き不首尾に終わって以来、祖母が煩く言うことはなくなっていた。寧ろ祖母が、あれこれ穿《ほじく》り返したのは、純子が抱えた野菜と提げた弁当のことだった。

純子は、昨日の淵の出来事を掻い摘んで話してから、今日の淵での出来事を説明し、それから野菜をくれた老人の話をした。

「野菜は、明日でも食べられるけん、今日は、弁当を半分っこして食べような」

居間の食卓で弁当箱を開いた。「まぁ」と、美味しそうなおかずが乱雑に詰め込まれた弁当に、祖母が頰を両手で包んで目を輝かせた。

米も残り少なくなっていた。祖母は、井戸の傍の小さな畑で野菜を育てていたが、何ぶん素人百姓のやることで、碌な収穫はなかった。祖父に与えるイタドリを採りに行ったついでに、食べられそうな草を持ち帰るのだが、それも大した糧にはならない。夏休みになって、純子の学校給食がなくなった分、いよいよ家の台所事情は逼迫していた。

純子は食欲旺盛に弁当を喰ったが、気付けば祖母が箸を動かしていなかった。

「どした、バアチャン。どれも美味しいで」

「ああ、バアチャンは昼に粥の残りを食べたけん、まだ、そんな腹が空いとらんのよ」

純子が箸を置いて言うた。

「バアチャン、知っとるで」

上目づかいで祖母を見た。

「何を知っとるんじゃ」

祖母の目に狼狽の色が浮かんだ。

「三日前の晩やったか、バアチャン泣いとったやろ」

夜半、祖母の啜り泣く声に、純子は眠りから覚めた。隣の寝床に祖母の姿はなかった。

祖父が臥せる隣室から啜り泣きは聞こえた。押し殺した声で祖母が祖父に語っていた。

「粥しかないんじゃ。我慢して喰うてくれ。オマエの好きな酒も、底をついたわ。次に純子のトウチャンから仕送りがあったら、そんな多くは無理やけど、買うて来たるけん、暫く我慢してくれ」

祖父のことは、イタドリさえ食べさせとけば大丈夫だと言うていた祖母だった。腹を下しても、世話をするでなく、放置したままだった。どうやら祖母は、純子が寝入ってから、祖父に粥を食わせ、身体を拭いていたようだった。

「純子のトウチャンの仕送りは、半分を貯金しとる。オマエがおらんようになって、オレもおらんようなって、鈍間の倅は町場に行ったきりじゃ、純子がひとり残されたら、頼りになるのは金だけじゃ。思いのままに使うわけにはいかんけん。そやから純子には、オレがオマエを憎んどると思わせとる。そうでもせんことには、オマエを病院にも連れて行かんことを、あの子は不審に思うじゃろ。飯もそうじゃ。三人で食べとったんでは、忽ち底をつく。ごまかし、ごまかし、細々と食い繋いでいくしかないけん。そやからオレの分を半分やる。純子にだけは、ひもじい思いさせとうないからな」

吸り泣きながら、祖母はそんなことを語っていたのだ。

「起こしてしもたか」

気まずそうに祖母が言うた。「聞かれたんか」折れた歯で唇を噛んだ。

「聞いたわ。そやからもう無理はせんでええ。この弁当も、後で、ジイチャンに喰わす算段やろ。そんなことせんと、自分の分を食べや。ジイチャンにはオレの分をやればいいきに。美味いぞ。碌なもん喰うてないんやから、食べや。オレは昼間、しっかり喰うたからな」

啜り泣く声が聞こえた。

隣室からだった。

やがてその泣き声は慟哭に変わった。舌を抜かれた祖父が激しく吠えた。

十八

純子は次の日も淵に行った。

朝出る前に、ノブ2の老人に貰った野菜を煮込みにして、祖父と祖母に置いてきた。淵には、三人の少年がすでに来ていた。弁当を持参していた。四人で食べようと提案して、先に純子は水浴びをした。そうしろと言うたわけでもないのに、三人の少年は、裸体をさらす純子に背を向けて固まっていた。

弁当を喰いながら、話題は野菜のことになった。どうしてノブ2の祖父の焼き大根は、あれほど美味いのかという話だった。

「人造肥料を使わずに、下肥を使っているからだ」

純子は、少年らの疑問に答えた。老人から聞いた話のうち、借金の件を伏せておけばいいだろうと、子供ながらに判断した。

「そうなのか。肥は大事じゃったんじゃのう」

ノブ2が感心した。

「それをバキウムカアで浚って、お役所の人は自分の畑に撒いとるんか」

最年少のノブ1が「アホか」と呆れた。

「お役人が肥を撒くわけがないやろ。オレが聞いた話では、し尿処理場という工場があって、そこで燃やしてしもうとるらしいわ」

「肥が燃えるんか」

驚いた声を上げたのは、最年長のノブ3だった。

「あんなもんが燃えるとは、お役所のやることは、さすがやのう」

「ガソリンかけて燃やすんやろ」と、ノブ1が冷静な声で言うた。

話が、どんどん横道に逸れていく。

「けど、なんで肥で野菜が美味しゅうなるんじゃろ」

ノブ3が、年長らしく思慮のある疑問を口にした。誰も答えられなかった。

「やっぱり、昔の人の知恵はすごいのう」

答えにならない答えを口にしてノブ3が自分勝手に納得した。

「糞の味が浸みるからと違うやろうか」

純子が言うた。

「糞の味て、何よ。そんなん浸みたら、臭うて喰えんやないか」

ノブ2が反論した。

「臭いのことはよう分からんけど、糞自体は不味くはないで」

祖母に連れられて行った仕事伺いの家での嫌がらせ目的で、糞を舐めた経験が純子にそれを言わせた。祖母は嫌がらせの効果を上げるため、できるだけ新鮮な糞に竿を刺すようにしていた。そのほうが、血や未消化の夾雑物《きょうざつぶつ》の混じっていない糞が得られるからだ。

小さな汲み取り口から暗い便槽を覗き込み、目視によってそれを成すのは困難だが、そこは祖母も心得たもので、糞が落下する地点は便器の真下と決まっている。そこから糞は、自重で便壺に拡散する。その最初の落下地点辺りを、祖母の竿先は正確に射止めるのだ。

純子の家に便所はない。用は外で足す。鍬を手に裏に回って適当な場所に穴を掘り、用便が済んだら埋め戻しておく。間違えて同じ場所を掘っても、夏場であれば、二、三日で、糞は土に馴染んでいる。

祖母の仕事伺いに同行しなくなってからは、用便後の、土に埋め戻す前の自分の糞を、純子は味わうようになっていた。

「不味くないって、オマエ、糞を喰ったことがあるのか」

ノブ2が驚いた声を上げた。

「オマエはないのか」

純子は逆に問い返した。

「あるわけがないだろう」

ノブ2が肥満顔をさらに膨らませて怒った。純子は、ノブ3とノブ1に視線を移した。

二人とも激しく首を横に振った。

「何だ。詰まらない奴らだな」

純子は鼻から息を噴き出した。

「それならどうだ」と提案した。

「今度、オレの糞を喰ってみるか。オレの糞は、なかなか美味いぞ」

「……純子の」

「純子の……」

「……うんち」

三人の少年の貌に三様の戸惑いが浮かんだ。しかしその戸惑い貌の裏には、そこはかとない期待が隠れていた。

「どうする。オレの糞では嫌か」

純子が少年らに詰め寄った。示し合わせたように生唾を飲み込んでから、三人がお互いの貌を忙しく見合わせた。

「嫌なら無理にとは言わんけんどのう」

三人の気持ちは決まっている。ただ最初の一歩を、他の誰かに踏み出して欲しいだけなのだ。そう見切って、純子は意地悪な目で言うた。そして在らぬ方に視線を向けた。

「まあ、無理強いするものでもないか」

「ちょ、ちょ、ちょ、待ってくれ」

口火を切ったのは最年長者のノブ3だった。

「今すぐに決められることでもないやろう。糞を食べるには、それなりの覚悟というものが要るけん」

「覚悟をしてまで喰うてくれとは言うとらんがのう」

純子は不愉快そうな演技をした。

「いや、そういうことやないけん。ちょっと見てから、考えさせてもらえんやろうか」

「オレの糞をちょっと見てから考えるというのか」

「まぁ、そんなとこじゃ」

「じっくり見られて、やっぱりこいなもの喰えんと言われたら、オレは恥ずかしいだけやないか。考えただけでも貌が熱くなるわ」

羞恥の色を浮かべ、ベソをかく仕草をした。それも演技だった。

「オレは純子に恥をかかせたりはせんけん」

最年少のノブ1がきっぱりと言うた。

純子は「ありがとう」と小さく呟いて、流し目を送った。

「オレもじゃ。オレも純子に、恥などかかせんけん」

ノブ2が追従した。同じように、純子は「ありがとう」と消え入りそうな声で言うて、目を伏せた。そして横目でノブ3を窺うように見た。孤立したノブ3の貌が硬直した。固く結んだ唇が細かく震えた。

「オレは、純子の糞を喰う」

不意にノブ3が声高に宣言した。

「無理してまで、喰って貰いとうはないのう」

首を曲げて科を作った。

「いや。無理などしとらん」

「オレの糞を喰いたいのか」

とろんとした瞳をノブ3に向けた。

「ああ、そうじゃ。オレは、純子の糞が喰いとうて辛抱ならんのじゃ」

純子が満面の笑みを浮かべた。

「オレもだ。純子の糞を喰ってみたいけん」

ノブ2が声を裏返した。

「オレは喰うぞ。純子の糞を喰わせてくれ」

ノブ1が拳を天に突き上げた。

クウゾ　クワセテクレ

オレガ　オレコソガ　ジュンコノ　ジュンコノ　クソヲ

興奮を抑えきれない三人の少年の雄叫びはひとつになって、山里に木霊《こだま》した。純子は嫣然《えんぜん》と微笑みながら、そんな三人を見守った。

三人の興奮が冷めるのを待って提案した。

「一番いい糞は、朝一に出る糞だ。体調がいい時は、見事な一本糞が出る。だから明日の朝、オレの糞の出来栄えを見て、納得できる一本糞なら、ここに持って来てやる。湯気が立つ、ホカホカの糞を持って来ちゃるから、日の出前から、ここで待っとれ」

純子の言葉に少年らの興奮が再燃した。

オオ　イッポングソジャ

ホカホカジャ　ユゲガデトルクソジャ

ジュンコノクソジャ

再び、三人の少年が雄叫びを始めた。

こいつら大丈夫かと、純子は少し心配になった。

十九

翌朝、まだ朝靄が立ち込める中を純子は裏の畑に出た。

夏とはいえ山里の大気は冷涼で爽やかな朝だった。糞を持参する容器として預かったノブ3の弁当箱を開いて平らな地面に置いた。ワンピースの裾をたくし上げ、綿のズロースを足首まで下ろした。そして弁当箱に跨るようにしゃがんだ。

このまま糞をしたら、小便まで弁当箱に入ってしまうと考えて、ちょっと脱糞を躊躇した。それはそれで構わない気もするが、弁当箱は密封性ではない。持ち運んでいるうちに尿が零れてしまう。それに今朝は一本糞の予感がある。小便に浸してしまったのでは、せっかくの一本糞が型崩れする。純子はまだ小便を飲んだことはない。自分より先に、奴らに飲尿を経験させるのが癪にも思えた。

一度立ち上がって肛門を柿の木に向けた。立ったまま上体を屈めて放尿した。

ピッシャァァァァァ

寝足りた朝の尿は爽快な迸《ほとばし》りだった。

緩やかな放物線を描いて、柿の木の根元に炸裂した。

それから再度、純子は弁当箱に跨った。静かに便意の到来を待った。

「何をしとる」

背後で声がした。しゃがんだまま振り向くと、声の主は地蔵だった。声が不機嫌だった。今朝は、三人に糞を喰わすことで頭がいっぱいで、地蔵に小便を掛けるのを忘れてしまった。

「糞を持っていく約束をしたんや」

「誰に糞を持っていく約束をした」

「家来みたいなもんじゃ」

「ほう、家来ができたか」

「いや友達だ」

「友達なのか?」

家来と友達の違いが、純子には今ひとつ分からない。最初は、嬉々として弁当を持参する少年らを、家来のように感じていた。しかし今では、友達と考えた方がしっくりくる。よくよく考えれば、ノブ3、ノブ2、ノブ1という呼称も、彼らに失礼だと思えてしまう。

信弘、信明、信夫。

彼らが互いに呼び合うので、名前は完全に覚えていた。今日からは名前で呼ぶかと考えてみたりもした。

「友達に糞を持って行ってどうするんだ」地蔵に訊かれた。

「喰わすのよ。いいや、喰って貰うのよ」

「何だと」地蔵が目を剝いた。「そんな勿体ないことを……」絶句した。

「ちょっと黙っていてくれないか。出かけた糞が止まってしまうやないか」

「これが黙っていられるか。純子の糞を、オレ以外の奴に、喰わせるなど」

地蔵の声に憤りがあった。無念の響きも混じっていた。

「ちょっと……黙って……」

メリメリメリメリメリ

純子の小さな肛門を割って、糞がゆっくりと姿を現した。産まれるように出たそれは、切れることなく続いた。下腹が忽ち軽くなる感触を純子は覚えた。

瞬時の排便だった。無駄にいきる必要もなかった。

排便を終え、指の腹で、純子は肛門に軽く触れてみた。べとついたり、湿り気を帯びたりしていない肛門だった。今朝は調子がいいと満足した。調子がいい時は糞離れが違うのだ。拭く必要もないほど、肛門から潔く糞が離れる。手に持ってきた雑誌の切れ端を見、クシャクシャに柔らかくして、尻の穴を拭く必要がないと判断した。

立ち上がって足元の弁当箱に目を落とした。思った通りの見事な一本糞だった。アルマイトの弁当箱に、きっちりと収まっていた。ズロースを上げ、ワンピースを直して、弁当箱に蓋をした。

蓋には宇宙船が描かれていた。ノブ2の信明と、ノブ1の信夫も、同じ型のアルマイトの弁当箱だった。信明の蓋には巨人の星が、信夫の蓋にはスヌーピーが描かれていた。信弘の弁当箱を包んでいたのは四国新聞だった。汁が零れても、新聞紙が吸ってくれるから大丈夫なのだ、洗う必要もなく、捨てればいいのだから手間要らずだと、母親がそう言うていると、信弘は言うたが、信明の弁当箱を包んでいたそれ専用と思えるやはり巨人の星の絵柄の弁当包みを、羨ましそうに横目で見ていた。

純子は、信夫の弁当箱の包みを借りて帰った。信弘の新聞紙は、信弘の母親の言葉の通り、汁を吸っていたし、信明の、でかでかと巨人の星が描かれた包みは、目が炎で燃え上がったりしていて、自分の糞を入れた弁当箱を包むには、やや下品なように思えた。その点信夫の包みは、水色と緑の線を基調としたチェック柄で、自分の糞に相応しいように思えたのだ。

弁当箱の用意を整え、はたと純子の手が止まった。「箸をどうするかのう」小声で自問した。信弘の弁当箱には箸箱が付いていたが、箸で糞を喰えというのは、ちょっと違う気がした。

そもそも純子自身からして、むしゃむしゃと糞を喰ったことがあるわけではない。祖母に言われ、検分用の竿先に付いた糞を舐め取ったか、自分の糞を賞味するときも、指先に掬い取って、舌先で舐めたことしかなかった。

暫《しばら》く考えて、純子は柿の木の根元に散乱する枯れ枝を拾い始めた。人差し指の長さほどの細い枯れ枝だ。それを祖母の検分の竿の代用にしようと思い付いた。

糞が適度に付着するよう、節のある枯れ枝を探した。そもそも糞は、口一杯に頰張って、豪快に喰うものではないだろう。少量を味わうものだ。そう考えると、ついさっきの排便で得られた一本糞の分量は、いかにも多すぎるようにも思えた。

しかし、いまさら分量を調整するのが勿体ないほどの見事な一本糞だ。それに前の日一本糞を自慢した経緯もある。いわばこれは、糞の活造りのようなものなのだ。

そんなことをあれこれ考えすぎて面倒になった純子は、チェック柄の包みに、選別した枝を三本差し込んで、儘《まま》よとばかりにその場を去ろうとした。

「ちょっと待てよ」

引き留める声は地蔵の声だった。

「全部持っていくのか」地蔵が恨めし気に言うた。

「何か障りがあるのか」問い返した。

「さっきから見ていたが、多過ぎないか」

「慥に、オレもそう思わないではない」

「そう思うなら、置いていけよ」

「けど、一本糞を約束したしな」

「オレにも少し分けてくれないか」

「どうした、オマエ。欲しいのか」

地蔵の意外な申し出に、純子は軽い驚きを覚えた。その驚きはすぐに、石の地蔵でさえ欲しがるほど、オレの糞は見事なのだなという自信に変わった。しかし容《かたち》を崩すには、あまりにも見栄えの好い一本糞だ。「今度やるよ」と言い残して、その場を後にした。

「今度とお化けは出たことがないんダヨウ」

意味不明な言葉を地蔵が喚いた。

お化けならオマエの隣の井戸の蓋に居るじゃないか。そう思って目を転じると、いつものように気怠そうに、井戸の蓋に横たわる亡霊の母が純子を見送っていた。

表情に乏しいのは、いつもと変わらないが、その貌は何となく嬉しそうで、幽かに微笑んでいるようにも見えた。

そうか。カアチャンは、オレに友達ができたのが嬉しいのだな。

純子はそう解釈し、出掛けの挨拶に、一本糞が入った弁当箱を空に向かって高く突き上げた。

二十

三人は淵で待っていた。

「すまない。待たせたか」

純子が詫びると「そうでもないよ」と信弘が爽やかに微笑んだ。

「うん。まだ二時間少しだよ」一人だけ腕時計を持っている信明が自慢した。

「それ、言う?」眼鏡の角度を調整して信夫が呆れた。

「二時間って、いつからオマエら来ていたんだよ」

淵には、まだ朝靄が漂っている時間だ。

「夜明け前から」信明が応えた。

「今日のことを考えると、興奮して、三人とも眠れなかったんだ」信弘が解説した。

「蒲団の中で悶々としているより、外に出たほうがマシだなと思って出たら、この人らも外でブラブラしてたけん、どうせなら淵に行こうよって誘ったんだ」

信夫がさらに細かく解説した。

「ラジオ体操は大丈夫なのか」

自分のせいで大役を休んだとしたら申し訳ない。

「きょうは日曜日やけん。ラジオ体操はないんや」信弘が答えた。

「そうか。それならよかった。長い時間待たして悪かったな、待つ値打ちがあるだけの見事な一本糞が捕れたけん」

純子は、ずっしりと重い弁当箱を三人に差し出した。

三人の顔色が変わった。

生唾を呑んで神妙な面持ちになった。

人生で初めての体験に緊張と期待が絡み合っていた。

純子は、三人に座るよう勧めた。三人は、真ん中に小さな空地を作って地面に腰を下ろした。小さな空地は一本糞のために空けられた空間だった。

信弘の肩に手を置いて、信明の肩越しに、純子は、信夫の弁当包みでくるんだアルマイトの弁当箱を少年らが作った空間の真ん中に置いた。

「先ずは見てくれ。さすがのオレでも、滅多に出せない見事な糞だ」

促したが、緊張した少年らは軆《からだ》を強張らせたまま動かない。

「信弘、包みを解いてみいよ」

最年長の信弘に言うた。

「おおよ」

気負った返事をして信弘が包みを開いた。包みに刺してあった枝が周囲に散った。ただの枯れ枝だと誰も注意を払わない。

「おい、おい。それは、糞を賞味するための匙代わりじゃけん」

純子が三人に注意した。そう言われても三人は、純子が言うているのが、枯れ枝だとは気付いていない様子だ。せっかく吟味して良さげなのを選んでやったのに。

「今落ちただろ。小枝だよ」

言われて三人は漸《ようや》くそれに気付き、銘々枝を摘まんで拾い上げた。

「うちの柿の木の枝じゃけん。オレの小便で育った柿の木じゃ。今朝も朝一の小便をたっぷりと掛けてきたけん」

その言葉で、柿の小枝が金色に輝きだすのを純子は感じた。それは、三人の少年の目に映る小枝の輝きだった。少年たちはしげしげと小枝を見た。何かを納得しようとする姿だった。

不意に信明が小枝を口に含んだ。

「しょっぱいや」と呟いた。

今朝、柿の木に向かって放尿した。飛沫が掛かったのかもしれない。だとしたら、しよっぱくて当然だ。残りの二人も信明に倣った。

「しょっぱいな」ノブ3の信弘がノブ1の信夫に囁いた。

「うん、しょっぱい」信夫が思慮深げに肯いた。

「オシッコで育っているから、オシッコの味がするんだ」

どうでもいいことを、大発見のようにノブ2の信明が声を高めて言うた。

——こいつら。

純子は思うた。三人の少年の思考は、純子の糞と対面する覚悟が定まらずに、その周辺をウロウロしている。焦れた。

「信明、弁当箱の蓋を開けろよ」

言われた信明が、振り返って背中越しに純子を見上げた。オレですか？　そんなセリフを思わせる情けない表情だった。

「いい加減にしろよ。それとも、オレの糞を喰うのは、次の機会にするか。そやけど言うとくで、いくらオレでも、これだけの一本糞を出せるのが、いつになるか分からんけんな」そう言うてから再度念を押した。「次の機会にするか」目を細めて言うた。

「開けます」

信夫が手を伸ばした。そして躊躇《ためら》わず弁当箱の蓋を取った。弁当箱に収められた一本糞が姿を現した。三人の目が釘付けになった。

「臭わない」信弘が呟いた。

「臭くない」信明が肯いた。

「本当にウンコなのか」信夫が驚いた。

そんなわけがないだろう。純子は訝った。いくら純子の糞とはいえ、糞は糞なのだ。それなりに臭いもする。こいつらは現実逃避しているのだと思うた。何とかして、糞を喰うという現実から逃れようとしている。だんだん不愉快になってきた。

「これは、なんだ」信明が糞を小枝で指した。

「なんか白いものがあるぞ」

「髄に――」信弘が糞に目を近づけた。

「キノコだ」信夫が言うた。

「そうだ、キノコだ。これはエノキだ」信明が歓声を上げた。

「一昨日、うちのカアチャンが作ってくれた弁当に、エノキダケの肉巻が入っていた。あのエノキだ。未消化で出てきたんだ」感激する声だった。

「だったら、このエノキの周りの糞は、うちの弁当ということだな。当然、喰う権利はオレにあるわけだ」信明が訳の分からない理屈を捏《こ》ねた。

「この粒々の未消化物は何だ」信弘が小枝で糞を指した。

「胡麻粒じゃないのか」自分で答えを口にした。

「うちの弁当には胡麻塩が振ってあったけん。あの胡麻塩の胡麻が、消化されずに排泄されたんや」信明に負けじと主張した。

「綺麗やね。黄色い艶々に、黒い点々が散って、厳かな美を感じるね」信夫が評論した。

もういい加減、純子はウンザリしていた。こいつらは、糞を喰う前に、どれだけの時間を無駄にするつもりだ。

「付き合いきれんわ。オレは水浴びする。その間に喰うとれよ。水から上がって、まだ喰うてなかったら、土に埋めてしまうけんな」

そう言い残して服を脱いだ。純子が全裸になっているというのに、少年たちは糞を凝視したままで、盗み見しようともしない。それがムカつく反面、自分の糞に見入っている少年たちを好ましいとも思うた。

水辺で草鞋を脱いで冷たい水に足を踏み入れた。

二十一

ゆっくりと汗を流して淵を出た。若い膚は忽ち水を弾いた。膚を暫く風に曝してから、純子は脱ぎ捨てたままの服を手に取って身に着けた。三人の少年は、純子が水浴びを始めた時の姿勢のままで、弁当箱を中心に背中を丸め座っていた。

まだ、喰ってないのか。

少年らの思い切りの悪さに落胆しながら、純子は歩み寄った。

直前で足が止まった。

何かが違う。

姿勢はそのままだが、三人の背中から感じるものが変わっていた。敢えて言うなら、とてつもない虚脱を少年らの背中は漂わせていた。疲労と言うてもよい。

「おい、まだ喰っていないのか」

呼び掛けると、少年たちの肩が一様にビクリとした。

そのうちのひとり、信明がゆっくりと振り返った。今度は純子がビクリとした。信明の眼は虚ろだった。しかし純子を驚かせたのは眼ではない。弱々しく嗤った信明の口元に、べっとりと糞が付いていた。餡子にむしゃぶりついた幼児のような口元だった。

「……美味しかった」

桃源郷でも彷徨っているような信明の声だった。

それから信明は脱力した笑顔を見せた。唇から零れた歯の隙間という隙間に、歯の表面にも、斑《まだら》に糞が付着していた。恐る恐る純子は三人の肩越しに、弁当箱を覗き見た。一本糞が綺麗に無くなっていた。弁当箱を這った誰かの舌の跡さえあった。

「──オマエら」

何かを言おうとした時、信弘と信夫も純子に貌を向けた。

「美味しかったけん」信弘が言うた。

「うん、ご馳走さま」信夫も言うた。

そして二人も信明と同じ、弛緩した笑顔を浮かべた。純子は思わず悲鳴を上げそうになった。信弘と信夫の口元も糞に塗れていた。口中も、信明同様、糞塗れだった。

暫く純子は呆然と佇んだままでいた。やがて奮起して三人に指示した。

「何だオマエら、口元が糞だらけじゃないか。淵で洗えよ。口もちゃんと漱《すす》げ」

純子に促されて、少年らがのろのろと立ち上がった。夢遊病者のように水辺に向かった。淵の縁に四つん這いになって貌を洗い嗽《うがい》をした。

信明が緩慢に立ち上がった。貌を洗う信夫に目をやった。

エへへへ
だらしなく嗤った次の瞬間、信明の足が、信夫の突き出た尻を、足裏で押すように蹴った。信夫が前につんのめり、堪らず頭から淵に突っ込んだ。

「何すんや」

全身ずぶ濡れになった信夫が抗議の声を上げた。

「油断大敵や」

そう言うて信明は舌を出した。その信明の尻に信弘が回し蹴りをくれた。バランスを崩した信明がよろけ、派手な水飛沫を上げて淵に転がり込んだ。信明を追って信弘が淵に身を躍らせた。それから三人は、歓声を上げながら、淵で遊び狂った。

純子は呆れながら、少年らの狂暴とも思えるじゃれ合いを眺めた。心地よかった。

少女の純子には真似のできない少年らの躍動が羨ましくもあり、微笑ましくもあった。

そして何より、暴れる少年たちの視線が、自分を意識していることが、堪らなく心地よかった。疲れを知らないかのように、少年たちの戯れはいつまでも続いた。

二十二

夏休みが終わるころには、純子は、少年たちの家に招かれるようになった。

家の者は誰もが純子の素顔に目を見張った。彼らが知っている純子は、白粉を真っ白に塗った無表情の純子だった。その純子が素顔で現れた。

別嬪さんや、別嬪さんや、と誰もが純子の容姿を惜しげもなく賞賛した。

控えめにではあるが、暮らしはどうしていると訊かれた。

純子は正直に、叔父が町場に仕事に行ったまま音信不通であること、祖父が腰を痛めて寝たきりであること、祖母も祖父の介護で身動きできず、収入は父親の仕送りだけで、それでは十分でなく、食べるものを切り詰めて、祖父母と三人暮らしていると答えた。

信弘の母などは、純子の打ち明け話に涙さえ流して同情してくれた。米や煮炊き物を持たせてくれた。自分の古着で悪いけどと恐縮しながら服もくれた。もう淵で水浴びの季節でもないでしょう、と風呂に入れてくれたりもした。風呂には信弘の母親と一緒に入った。背中を流してくれながら純子の身体がどれだけ綺麗か、言葉を尽くして褒めてくれた。

信明の母親は男勝りの母親だった。信明に似て、いや信明が母親に似たのだろうが、巨軀だった。どっしりと大きな尻をしていた。いつも多すぎるほどの飯を炊き、それをいくら食べても太らない純子を羨ましがった。以前の約束通り、信明の祖父は、家を訪れるたび、抱え切れないほどの野菜を分けてくれた。下肥で育てた野菜だ。甘かった。滋養の甘さだった。

信夫の母親は、読み書き以外遅れていた勉強を純子に教えてくれた。以前に代用教員の経験があり、忽ち純子は、算数や理科や社会や、それどころか、中学一年生の信夫の学力まで凌ぐほどに、信夫の母親が教える勉強を、砂地が水を吸い取る勢いで吸収した。それが信夫の母親には嬉しくて堪らないようであり、自分の息子以上に、純子への教育の熱を上げた。帰りには、いつもたくさんの宿題を与えられたが、純子は次の訪問までに、易々とそれを仕上げて信夫の母を喜ばせた。

純子の祖父の怪我についても、三人の母親から新たな話を聞かされた。祖母からは、二人で野菜を盗みに行ったとき、発見された里人たちに突かれ、段々畑を転がり落ちたと聞かされていた話だった。オレを庇って、ジイチャンはあいつらの好きなようにやられてしまったのだ、と祖母は語った。

しかし現場にいたという里人から、三人の母親らが耳にした話は違った。

祖母は見張りをし、祖父は盗んだ野菜を、肥担ぎの桶に放り込んでいた。それを見咎めた里人が、採り過ぎだと一言注意するため、二人のもとに向かった。百姓の経験がない祖父は、未だ収穫には早い野菜にまで手を伸ばしていた。里人の姿を認めた祖母が祖父に怒鳴った。

「オマエは隠れとけ。オレがこの場を丸めてやるけん」

怒鳴るなり祖父を蹴飛ばした。祖父は、畑から転がり落ちて、さらに五枚ほど、畑を転がり落ち、大きな石にぶつかって怪我をしたらしいのだ。

「野菜が要ったのなら、そう言ってくれれば分けてあげたのに」

憐れむように信明の母は言うた。

あり得るなと純子は思うた。祖母は自尊心だけは人一倍強い。肥汲みの仕事がなくなり、里人に頭を下げることができなかったのだろう。話には納得したが、事の真偽を確かめることはしなかった。祖母を責めることもしなかった。

そのころになると、祖母は、また勘違いを始めていた。野菜や米を貰って帰る純子に嬉しそうに言うた。

「純子の美貌に、里の奴らはやられとんやな。下の三軒家の、息子らも手懐けとるらしいやないか。それでこそ、わが孫やけん。町場で、因業爺のフグリなど握らんでええ。この里を、純子の里にするんや。三軒家の息子らを骨抜きにしてしまえ。いずれは纏めてオレらが里を我物にするんや」

どこまでも前向きな祖母だった。そんな祖母の妄想に適当な相槌を打ちながら、やがて里の夏が過ぎ去った。

夏休みが終わるころになって純子は祖母に言うた。

「もう、紅白粉はしとうない」

思い切って言うてみた。どうやら紅白粉をしなくても、いや寧ろしないほうが、自分は綺麗なのだと、気付いていた。

「学校の皆は、純子の素顔を見たら魂消《たまげ》るぞ」

期待に貌を膨らませて、信弘が言うてくれた。

「オレらの親も、純子の素顔に驚いていたじゃないか」

信明が追従した。

「オレらの親だけやない。素顔の純子を見かけた里の者の間で、純子のことが話題になっとる。オレらの家に遊びに来る純子を、わざわざ覗き見に来る者までいる始末だ」

信夫がダメ押しをした。

「そやから、新学期になったら、素顔で登校して欲しいんや」

三人が声を揃えて純子を口説いたのを思い出した。

「オマエがそうしたいなら、バアチャンは何も言わん。好きにし」

祖母が柔和な声で純子の言い分を認めた。純子が持ち帰る野菜や米が、家計をずいぶん助けていた。祖母が文句を言えるはずがなかった。

日々が充実していた。輝いていた。そして、そんな純子の周囲の変化とは別に、秋を迎えて、里に凶事が忍び寄りつつあった。

皆が寝静まった夜に、純子を訪ねてくるあの老人が口にした凶事が、いよいよ現実のものになろうとしていた。

二十三

新学期を迎えて純子は小学校に素顔で登校した。三人の少年たちが予言したように、学校中が、と言っても、純子と少年たちを除けば十五人の全校生だが、パニックになった。やはり純子は綺麗過ぎた。

純子がマムシを振り回していじめっ子を威嚇したのは、一年生の時だ。したがって、現時点での在校生で、純子の蛮行を知るのは、六年生と、中学生だけだった。

低学年の学童は、どうして皆が、純子に距離を置いているのか、正確なことは知らなかった。しかしそれでも、紅白粉で日傘を差して登校する純子は異形だったので、何となく距離を置いてはいた。その純子が素顔で登校し、低学年の学童たちは、綺麗なお姉さんである純子と近付きになりたいと思うた。幾分の警戒心は残っていたが、それも、学校の中心的存在である下の三軒家の息子ら三人が、純子と親しげにしていることで、簡単に払拭された。

新学期早々に級長選挙があった。

小学生から一人、中学生から一人選ばれる選挙だ。

純子は、それまでの級長だった同じ六年生の花子を押さえて、当然のように級長に選ばれた。中学生で選ばれたのは一年生の信夫だった。一学期の級長を務めた三年生の信弘が、信夫を推薦したことが大きかった。

「オレは来年、高校の受験があるけん、皆の面倒は見きれん」

そう言って級長を辞退した信弘が、「ほな級長は誰がやるんじゃ」と訊いた二年生の信明に「信夫でええじゃろ」と答えたのだ。

「そうやな。あいつは一年生やけど、物識りやけん」と信明も同意した。

信夫の母のおかげで、夏休み期間中に学力を上げた純子は、小学生の中学年と低学年の学童に勉強を教えるようになった。もともと教室は、小学生用と中学生用の二つしかない分校だったので、小学生の教室にあって、六年生で級長の純子は、教師の補助をするような立場になった。純子以外の六年生は、ずっと前、検便の時に虐められた花子だった。花子は性格が暗く目立たない生徒だったので、純子の輝きぶりが余計際立った。

その花子について、下級生から相談があった。

「花ちゃん、臭いけん。級長から、注意してくれんか」

純子はよく考えもせず、花子に注意した。慥に花子は、鼻をつまみたくなるような異臭を漂わせていた。

「――水が」

消え入るような声で花子は弁解した。

「エッ、水がどうしたん」

「――ないけん」

やっとのことでそれだけ言った。

純子は根気よく花子の話を聞いた。

それによると花子の家に水がなくなったのだと言う。水がないから風呂を沸かせない。それどころか、体を拭くこともできない。それが花子の言い分だった。

純子の家も薪がなく、淵の水浴びで済ませていた時期があったが、秋になって、それもできなくなっていた。今は下の三軒家で風呂を使わせて貰っているが、花子の場合、薪ではなく、水がないのだと言う。水だけは豊富な里で、水がないとは解せない話だった。

焦《じ》れながら、純子は花子の話を解きほぐした。

今までの純子ではできないことだった。他人に興味はなく、他人から興味をもたれることを拒絶してきた純子だった。それが素顔で人前に出るようになって変わった。もっと自分を見て欲しいと思うようになったと同時に、他人のことも知りたくなった。

聞けば花子の家には井戸がないと言う。里で井戸がない家があることに純子は驚いた。どうして井戸がないのか、訊いた。貧乏だからと花子は答えた。里で井戸を掘るのに、専門の職人に頼んだりはしない。里の人間が互助で掘ってくれる。手間賃は無料だ。ただし掘る道具の損料代わりに、いくらかの礼は包む。その金がないのだと、花子は言う。

純子は、自分の家が、里で一番貧乏だと思っていた。花子の家は、田畑を持たず、父母が他人の田畑を耕して糧を得ていた。里の住民になったのが、もっとも新しい家だった。自分の家より貧乏なのか。いや、よくよく考えてみれば、純子の住む家は、もともとの住民がいた家だ。住み着く前から井戸はあった。

「井戸がなくて、どう暮らしていたんだ」

花子に重ねて訊いた。

「……竹の……樋《とい》で」

竹を二つに割った樋を繋げて、山の湧水を、家まで引いていたのだと言うた。樋の先を風呂に向ければ、自然と風呂に水が溜まる。それを聞いて、釣瓶桶で内井戸から水を汲み入れる自分の家より、遥かに便利ではないかと純子は思うた。

「けど……湧き水が……涸れてしもうて」

ほかの湧き水を探して樋を移動した。しかしその湧き水も、すぐに涸れた。煮炊きの水だけは、川に汲みに行って何とかしているらしい。花子の父母は手間仕事に忙しく、風呂を満たすほどの水を、花子ひとりで川から運べるものではない。

花子が軆を洗えない理由は分かったが、純子には、対策を考えることができなかった。自分と同じように、風呂をもらえばいいではないかと提案してみたが、花子は首を横に振るだけだった。

憸にそれは無理だなと、自分で提案しておきながら純子は思った。花子に純子のような美貌はない。自分は綺麗だから、信弘らの家で寵愛を受ける。花子では無理だろう。

幼いころからの祖母の教育で、そんなことを自然に納得できる子供に育っていた。

「……水が……ないけん」

花子を見舞った災厄が、やがて里全体に蔓延していくことを、その時点で純子は知る由もなかった。


花子の苦境を知った夜、久しぶりに憎形の老人が純子を訪れた。

「……悩んでいるようだのう」

老人に言われて純子は花子のことを伝えた。

「そうか。もう影響が出ているか」

以前より軽快に話す老人だった。それを純子が言うと老人は寂しげに笑うた。

「もう、無理はしとらんのじゃ。里の衆には悪いが、力を使うのを止めたんじゃ」

老人が何を言っているのか、相変わらずちんぷんかんぷんだ。

「だがこの道具には、まだ少しは力が残っとるかもしれん。これで花子とやらの涸れた湧水を穿《うが》ってみればどうじゃ」

そう言うて老人は闇に溶けた。


次の日、純子の枕元に見慣れない道具が転がっていた。祖母に訊いても道具の正体が分からない。登校する前に純子は、代用教員をしていた信夫の母親を訪ねた。

「仏具やね」

信夫の母親が即答した。

「ちょっと待って、思い出すから。ええと……そうだ。独鈷《とっこ》やけん」

「とっこ？」

「そう、お坊さんが使う道具で、これで煩悩を打ち砕くの」

「打ち砕くんですか」

信夫の母親の言葉に、純子は僧形の老人の言葉を思い出した。

この道具にまだ少しは力が残っとるかもしれん、と言うた。これで花子とやらの涸れた湧水を穿ってみればどうじゃ、とも言うた。

そして放課後、花子に声を掛けて涸れた湧水の場所に案内させた。なるほどそこには、半分に割った竹の樋が掛けられていた。竹はカラカラに乾いている。その先端にあたる斜面の岩の割れ目に、純子は独鈷を叩き付けた。独鈷は長さが十センチほどで、両端が尖っている。中央は括れている。その括れを握り締めて尖った先端で岩の割れ目を穿った。

「何をしているの？」

背後で花子が不思議そうに訊ねた。

「分からん」

憮然と答えた。実際純子自身も、自分が何をしているのか分からなかった。五回目か、六回目に、岩の割れ目を穿ったときに、独鈷が眩い光を発した。途端に二つに折れて、純子は拳で岩を叩く恰好になった。

「痛っ」

独鈷を取り落として純子は蹲り、傷んだ右手を左手で庇った。

「純子ちゃん！」

花子が悲鳴を発した。

「大丈夫やけん。何ちゃない。ちょっと拳が……」

「違うの純子ちゃん、見て、あれを見て！」

戦《おのの》きながら花子が指差す方に目を向けた。

「何と、これは……」

さっきまで独鈷の先を叩き付けていた岩の割れ目から、清水が勢いよく湧き出していた。竹の樋を伝い、流れが向かう先は花子の家だ。

純子はとっさに辺りを見渡した。独鈷を探した。しかしいくら探しても、独鈷の欠片さえ見つけることはできなかった。

二十四

最初に異変を察したのは里の女房たちだった。ある家の女房が、井戸の水位の低下を隣家の女房に相談した。何気ない世間話だった。その女房は、釣瓶の綱の握りが、少し高くなった気がすると言うた。相手の女房も「そう言えば、うちも」と同意した。それが次から次に伝播し、皆同じように、釣瓶の握りが高くなっていると言うた。

「ひょっとして、井戸の水位が、落ちとるんじゃないやろか」

一人の女房が慎重に言葉を選んで言うた。

「井戸が涸れたらどうなるんやろ」

他の女房が言うて周囲を不安にした。

旦那に相談した女房も何人かいた。相談と言うても、夕食の世間話程度のことだった。実りの秋の収穫時期だった。誰もが繁忙だった。相談された旦那連中は「様子を見たらええやろ」と誰もまともに相手にしなかった。自分らの曽祖父の、その遥か前から、涸れたことのない井戸だった。その井戸が涸れるなど、想像すらできなかった。いや、涸れてはいない。水位が落ちたかもしれないという程度の話だ。

そんな中、十月になって、純子の暮らしに変化があった。町場から叔父が帰ってきた。ほぼ半年ぶりの帰宅だった。

叔父は、軽トラックを運転して帰って来た。作業服姿だったが、里の大人たちのように草臥《くたび》れた服ではなく、アイロンがしっかりと掛けられて、糊の利いた作業服を、パリッと叔父は着こなしていた。前に高松で訪れた『東讃興業』の、六車とかいう社長を思わせるなりだった。

「今まで、何をしとったんな。どんだけ心配したと思とんよ。そのトラックはどうしたんね。まさか盗んできたんやなかろうね。それより、オマエ、どこで車の運転覚えたんな。免許がないと、車を運転したらいかんのやぞ。その恰好は、何なら。どこの社長さんか思うような立派な服を着してもろうてからに。どしたんなら。オマエが行き倒れとる夢を、オレが何べん見たと思うとるんよ」

叔父の胸に縋りながら、祖母は涙声で、次から次に質問を浴びせ掛けた。

「バアチャン、バアチャン。説明するから、待ってくれや」

祖母の肩を抱いて、宥めていた叔父が、純子に目を留めた。

「どした、純子。紅白粉はやめたんか」

「ああ、そんなもんせんでも、オレは別嬪やと、気付いたけん」

横柄に純子は答えた。

「それにどうした。ええ具合に日焼けして、元気そうやのう」

「元気やで。叔父は無くとも子は育つや」

純子の憎まれ口に叔父が嬉しそうな笑い声を上げた。

「そうか。今のほうが、なんぼもマシじゃ」

そう言うて、祖母と純子を縁側に座らせ、自分も腰を下ろして、家を出てからの経緯を問わず語りに語り始めた。

高松に出た叔父は、港湾工事の現場に入った。初めての仕事だったが、人並み外れた膂力《りょりょく》で忽ち頭角を現した。ひと月もしないうちに、小さな班を任されるようになり、ふた月で人足頭にまで出世した。性格の温厚さもあり、誰も文句を言えない馬力もあり、率先してきつい仕事を受け持つ叔父は、他の人足からの信望も厚かった。

「バアチャンやジイチャンや、純子のことが気になったが、仕掛かった工事が終わるまでは、現場を離れられんかった。休みも取らずに頑張ったけん。ほんま、バアチャンらには、心配させて済まなんだと思うとる」

叔父は、作業ズボンのポケットから、分厚い封筒を取り出して祖母に差し出した。

「留守の間の日当と、工事終わりに、親方から貰うたボウナスじゃ。住むところと、飯は会社持ちやったけん、一円も手を付けずに残した」

封筒を覗いた祖母が驚嘆の声を上げた。

「こんな、仰山。いったい何ぼ入とんなら」

「二十万と少々じゃ。これで不義理を赦してくれんかのう」

叔父が気弱く言った。忽ち祖母の目から涙が溢れた。「あぁ、助かった。ほんに助かった」と、小さな声が歯の隙間から零れた。祖母の涙は安堵の涙だった。

「もう、あかんと思うとった。純子が里の者を籠絡して、何かと貢物が貰えるので、どうにかこうにか、生きていけるかと思うとったが、それでも、これから百姓仕事が細うなる冬が来る。薪の手当ても儘ならん。ひょっとして、この冬は越せんのではないかと、オレなりに覚悟を決めとった。それが二十万円とな。やれやれ生き延びたわ。オレや、ジイチャンのことは構わん、そやけど不憫なのは純子じゃ。楽しいことも知らんと、このまま儚くなってしまうのでは、あんまりにも可哀そうじゃと思うとったんよ」

オレは里の者を籠絡しているわけではない、楽しいことが無かったわけでもない、純子が祖母に反論する間もなく、叔父が縁側から立ち上がった。

「そうや、ジイチャンや。ジイチャンはどないしとんな」

祖母が縁側に上がって、奥の部屋に通じる雨戸を開けた。すっかり馴染んでしまった糞尿交じりの臭いが流れ出した。

「ジイチャンは、あの有様じゃ」

薄暗い部屋で、蒲団にくるまれた祖父に、祖母が顎をしゃくった。

「腰骨を折って、寝込んでしもうて、食い物も碌に食えん生活じゃったから、すっかり萎んでしもうたわ。オマエが望外の出世をしてくれたが、ジイチャンはこの冬を越せるかどうか……」

叔父が作業靴を脱いで部屋に駆け上がった。祖父が纏う蒲団を剥いだ。暫く佇んでいたが、力なく、祖父の枕元に崩れ落ちた。

「オレのせいで……こんなことなら……無理をしても……帰れば良かった」

悔しげに、自分の膝を拳で何度も叩いた。

「自分を責めるんやない。オマエが立派になって帰っただけで、ジイチャンは、安心して成仏できるけに」

そう言った祖母に、叔父は、キッときつい目線を向けた。

「何を言うとんなら。ジイチャンを成仏させてたまるか」

叔父が蒲団ごと祖父を片腕で横抱きにした。そのまま部屋を出て軽トラックに向かい、慎重に祖父を荷台に横たえた。運転席に乗り込んで、全開にした窓から吠えた。

「心配するな。ジイチャンを高松市立病院に連れて行くけん。夜には戻る」

そう言い捨てて、軽トラックのアクセルを踏んだ。後輪が空転し、小石を後ろに飛ばした。タイヤが焦げる臭いを残して、祖父を乗せた軽トラックは、土煙とともに農道に出た。あっと言う間に、土煙の塊は里を下って消えた。

「――行ってしもうた」

呆然と祖母が呟いた。手にはしっかりと、大金が入った封筒が握られていた。

夜遅く、叔父が帰宅した。

「心配せんでええけん」

言葉短く言った。

叔父の話によると、祖父は、高松市立病院に入院が決まったとのことだった。介護の者も付くので、一人でも安心だと言った。親方の貌でとりあえずは個室に入り、病状が回復したら大部屋に移ることになるらしい。

「ついては、言い難いんじゃが、入院の保証金が要る。三万円ほどじゃ。医者や、看護婦や、付添いの者に、いくらか包んどいたほうがええと親方が言うとった。入院着と着替えも要る。そやからバアチャン……」

叔父は金を出せと言っているのだろう、と純子は察した。言い難そうにしているのは、祖母の性格を考えたら無理もない。一度金を掴んだら雷が鳴っても離さない、すっぽん顔負けの祖母なのだ。

「要るだけ持っていきんさい」

意外なことに祖母は、昼間受け取った封筒のまま、金を叔父の膝元に差し出した。

「――バアチャン」

叔父が感激して耳を赤くした。祖母が笑うた。

「オレをどれほど、因業やと思うとるんや。ことがことやないか。先ずは、ジイチャンに元気になって貰わなあかんきに。金はこれから何ぼでも、オマエが稼いでくれるんじゃろ。のう、倅よ」

躊躇して、封筒に手を出せないでいる叔父の手に封筒を握らせ、皺枯れた手で、叔父の無骨に膨れ上がった手を祖母が包んだ。祖母の手を包み返した叔父が、肩を震わせて男泣きに泣いた。

「必ず稼ぐけに。稼いで稼いで、バアチャンの夢やった、御殿みたいな家を建てるけん。贅沢な暮らし、さしちゃるけん」

鼻水を垂らして祖母に誓うた。祖母は、うんうんと何度も肯いた。自分が蚊帳《かや》の外に置かれているようで、純子は少し詰まらなく感じた。

翌日も叔父は病院に行った。軽トラックは会社からの借り物で、二日後には返却しなくてはならないものだった。夜に帰宅して、今後のことを、叔父と祖母が話し合った。純子はまた蚊帳の外だった。

祖父が全快するまで病院の世話になる。これは大前提だと叔父は言うた。借家を探して三人を高松に呼び寄せようと思うていたが、それは祖父の回復を見てから考えることになった。

純子はホッとした。あんな排気ガスが充満する町場に住むなど、想像もしたくなかった。しかしいつかは叔父の言うように、高松のどこかで暮らすことになるのだろうなと、ぼんやりと覚悟した。自分がまだ子供なのだと改めて知らされた。

「オレはもう、日雇いの人足やないけん、日当や無しに、月々の給料が出る」

叔父がそう断って口にした金額は、三万二千五百円だった。播磨の大学で研究室を持つ父よりも多い金額だと純子が驚くと、叔父は純子の頭を撫でながら、優しく微笑んだ。そして力強い眼差しで言うた。

「純子のトウチャンと、オレの仕事は違うけん。純子のトウチャンは、これから先、どんどん偉うなって、もっと稼ぐようになる。そやけどな、オレも負けんで。いずれはな、自分の会社を持とうと思うとる。今の日本は高度成長期や。オレみたいなもんにでも機会はある。工事も、次から次と途切れることが無い。いつまでも、人に使われとったらあかん。ニイチャンは必ず、一国一城の主になっちゃる」

「オマエ、あんまり無理すなや」

祖母が心配顔で言った。叔父がそんな祖母の心配を笑い飛ばした。

「バアチャン、二年後には大阪で万国博覧会があるんやで。四年前の東京オリムピックより、もっと派手な祭りや。そのまた二年後には、新幹線が岡山まで来るようになる。ひかり号や。夢の超特急が、すぐそこまで来るんや。香川から岡山に橋が架かる。香川県民悲願の夢の大橋、瀬戸大橋や。ちょっと前、社長の名代で県庁に出向いたとき、ロビーに模型が飾ってあったわ。歩いて渡る橋やない、車や電車が通る橋や。里に居ったら分からんやろうけど、今は、そんな時代なんよ。ここで無理をせんで、いつ無理をせいと言うのじゃ」

叔父が気炎を吐けば吐くほど、祖母の表情は、心配気に曇った。純子は叔父の話を聞きながら眠たくなった。とても自分に関わる話とは思えなかった。

「そうや。忘れとった」

車に戻った叔父が紙包みを持って部屋に戻った。詰まらなそうにしている純子に、それを差し出した。紙包みには箱が入っていた。箱を開けると、人形が微妙に微笑んでいた。

「純子のことを話したら、社長が土産に持って行けとくれたんじゃ。リカちゃん人形いうて、去年発売されたんじゃけんど、町場じゃ凄い人気じゃ。着せ替えもできる。箱の中に服が入とるじゃろ。それで着せ替えをして遊ぶんじゃ」

叔父が嬉しそうだったので、純子も喜ぶふりをしたが、眠気がそれに勝った。今夜抱いて寝るというと、叔父が「そうせい、そうせい」と、自分がリカちゃんを貰うたかのように喜んだ。

金髪で、頬がふっくらとして、目がやたらと大きくて、紅を引いたおちょぼ口のリカちゃんより、自分のほうがよほど可愛くて綺麗だと純子は思うた。しかし相手は、町場で大人気を博しているらしい。明日、信弘、信明、信夫にどちらが上か、判定して貰おうと思いながら、純子は眠りに落ちた。

二十五

叔父は週に一度、現場が休みの日に家に戻るようになった。軽トラックでの帰宅だった。里では軽トラックを転がす叔父が話題になった。里の人の話題の中で、いつの間にか叔父は、町場で成功して社長になっていた。

叔父のそんな噂話とは別に、井戸の水位は徐々にだが、確実に下がり続けていた。「様子を見よう」などと楽観視していた里の男たちも、漸く事態の深刻さに気付き始めた。

男たちは、毎夜毎夜、下の三軒家の中でも特に大きい信弘の家に集まり、善後策を協議した。酒が入る協議だった。もし井戸が水が涸れたらどうなるのだ。誰も考えたくないことを、口にした男がいた。西瓜淵を見に行こうと別の男が言うた。西瓜淵が涸れていなければ大丈夫だと、別の男が賛同した。絶対的な湧水量を誇る西瓜淵は、里の男たちの心の支えだった。

男たちは一旦家に戻って、持って集まった提灯や懐中電灯を手に手に、傾斜地を上り、西瓜淵を目指した。男たちが声高に呼び交わす声に純子は目覚めた。西瓜淵は純子の家の上にある。

夜の傾斜地を上がる男たちの提灯行列に、純子は怯えた。理解できないものに対する自然な怯えだった。

翌日、行列の目的を純子は信弘から聞いた。信弘も、父親とともに行列に加わっていた。西瓜淵に到着した一行は、提灯をかざして、西瓜淵を隅々まで見聞したが、淵を見るのが久しぶりで、中には生まれて初めて見る者もあり、水位が変化しているのかどうか、誰も判定できなかった。しかしとりあえずは、水を湛える西瓜淵を目の当たりにして一応は納得した。

「里の守り神が大丈夫なら心配はいらんけん」

一顧だにしなかった西瓜淵を、守り神と厚かましく言う男がいた。そうだ、そうだと他の者も無責任に相槌を打った。

三日後、町場から帰った叔父に、騒動の話をした。話題がなかったからした。純子の話を聞いた叔父は、少し考え込んでから言うた。

「明日の朝、高松に戻る前に行ってみるか」

叔父が興味を持ったことを、純子は不思議に思うた。だいたい行ってみて、どうするというのだ。叔父にできることはあるまい。そう高を括った。しかし純子は叔父に同行した。純子の家の井戸も、相変わらず水位を下げていて、子供ながらに不安を感じている純子だった。大人たちのように、西瓜淵を見て安心できるのなら安心したかった。

翌朝、西瓜淵に至って叔父が唸った。

「たくさん水があるやないか」

何を尤《もつと》もらしく唸っているのだと、叔父を責める気持ちで純子は言うた。

「いや、減っている」

押し殺した声で叔父が言った。

「何でそんなことがニイチャンに分かる」

西瓜淵には絶対的な透明感があり、淵の深淵部は青とも緑ともつかない色をしている。底の知れない淵だった。その淵を見て、瞬時に「減っている」と断じた叔父の言葉が信じられなかった。

「満々と水を湛えているじゃないか」

抗議の口調で言うた。

「いや、そう見えるだけだ。間違いなく減っている」

叔父が、不安になるようなことを言うた。

「オレは子供のころから、毎日この淵に通っていた。そのオレの目から見て、西瓜淵の水は、信じられんほど減っている」

「子供のころからか。ずいぶん、淵が好きだったんだな」

皮肉を言うてやった。

「好きだったわけやない。ジイチャンと肥汲みをした後、オレは肥桶を洗うよう命じられた。前後に二つずつ、四つの桶を天秤棒で担いで、洗いに来るのがオレの日課だった」

その姿には記憶があった。

「洗いに来るのが？　つまりニイチャンは、この淵で肥桶を洗うていたのか？」

里の家々の井戸に繋がる西瓜淵だ。今では里の守り神となっている淵だ。そこで肥桶を洗っていたなど、とんだ罰当たりではないか。

「そのオレが言うのだから間違いないけん。淵は涸れ始めているぞ、純子」

この淵が涸れたら里には住めない。今日の今日、仕事を抜けるわけにはいかないので、次に帰った折にバアチャンと相談すると言い残して、叔父は軽トラックで高松に戻った。

二十六

放課後、純子は信弘、信明、信夫の三人を校庭に呼び出した。その朝、叔父が語ったことを、三人に伝えておきたかった。純子が、指定した校庭の隅の、プラタナスの樹の根元に出向くと、すでに三人は純子を待っていた。落葉したプラタナスの樹が、間近に迫る冬の訪れを報せる晩秋の一日だった。日が西に傾いていた。

「オレのニイチャンは、子供のころから西瓜淵に通うていた」

肥桶を洗うためだったことは伏せた。

「そのニイチャンが、今朝西瓜淵を見て、涸れ始めていると言いよった」

それだけ言うて、純子は三人の少年の反応を待った。意外なことに三人に驚きの色は見えなかった。

「どうした。子供のころから西瓜淵に通っていたニイチャンが、涸れ始めていると言うとんじゃぞ、少しは驚かんか」

首筋を撫でる北風の冷たさに、純子は身震いした。

「そうか、だとすれば、あの話も、寝惚けていたと、うっちゃってはおけんのう」

深刻そうに言ったのは信弘だった。信明と信夫が重々しく肯いた。

「あの話?」

「口止めされとるんやが」断って信弘が語り始めた。「日替わりで、オレらのカアチャンの夢枕に、坊さんが立ちよった」

「坊さんが。それはまた、目出度い話やないか」

信弘の口調から、喜ぶべき話ではないと察しながら、純子はあえて茶化す言葉を口にした。この時期に、里を束ねる下の三軒家の女房たちの夢枕に、日替わりで坊さんが立つとは、それだけで、話の内容が凶事であることを連想させるものだった。

「乞食《こつじき》坊主だったと、カアチャンらは口を揃えて言うんじゃ」

信明が言うた。他の二人が示し合わせたかのように肯いた。信夫が話を繋いだ。

「何でもその坊さんは、西瓜淵に棲む爾空《じくう》という坊さんらしい」

「西瓜淵に棲む乞食坊主か。作ったような話やな」

純子が呆れ声で言うた。純子がそう言うのには理由があった。西瓜淵の由来と乞食坊主には切っても切れない縁がある。

昔、この里に落魄《らくはく》した僧形の旅人が訪れた。太陽が頭上高く照り付ける盛夏のことだった。坊さんは水を求めて、どこでどう知ったのか里から離れた西瓜淵に姿を現した。ちょうどそのとき、西瓜淵の畔には、下の三軒家の者らが、涼を得るため集まっていた。今の三軒家の曽祖父よりもっと前の先祖らだ。西瓜淵は湧水の淵ではあったが、それほど豊かに水を湛えていたわけではなかった。それでもそのころは、西瓜淵以外に淵らしい淵がなかった。

三日三晩、何も食べていないと言う僧に、下の三軒家の者らは持ち寄った昼食を分け与えた。「ありがたや、ありがたや」と落涙しながら僧は昼食を喰うた。喰い終えた僧に、下の三軒家の女房の一人が「おやつ代わりにどうぞ」と、淵で冷やしていた西瓜を切り分けて差し出した。その西瓜の甘さに、ついに号泣した僧が言うた。

「これほどの温情をいただくとは思いませんでした。見ればこの里は、日当たりが悪く、畑の作物の出来栄えも、失礼なようだが、あまりよろしくないようです。せめてものお礼に、拙僧が涸れない水を差し上げましょう。未来永劫この地に留まり、皆様に尽くしましょう」

僧は経を唱えながら、淵に身を投げて入滅した。忽ち淵底から湧水が吹き出した。爾来淵は、どんな旱魃《かんばつ》の年も、滾々《こんこん》と水を湧出して里の人を大いに助けた。それが西瓜淵の由来だ。

「その爾空と名乗る乞食坊主が、夢枕に立って、どんなお告げをしたんじゃ」

淵の由来が由来だけに、無下《むげ》に笑い飛ばすわけにもいかず、純子は不愉快になっていた。どうせ碌でもないお告げが下ったのだろう、と鼻を鳴らした。

「里を捨てろというのじゃ」

信弘がそう言って目を伏せた。

「自分の法力も潰えてきた。これ以上、里に水を分け与えることができん。ついては薄情なようだが、里を見限れと、そう言うたらしいわ」

信明が口を堅く結んだ。

「うちのカアチャンらは、三人が三人、口を揃えてそう言うんじゃ。ひとりが言うだけならまだしも、三人が寸分違わんことを言うので、トウチャンらも無視するわけにもいかず、困り果てておるんよ」

信夫は放心の体だった。信弘が言うた。

「オレらは、トウチャンらから、迂闊なことは言うなと口止めされた。西瓜淵は、まだ水を湛えとるけん、里の人は、いちおう安心じゃと言うとるけど、井戸の水位が下がっているのは、みんな知っとる。ここで、そんなお告げが広まったら、収拾のつかんことになる」

信弘が言葉を続けた。

「昼に純子から呼び出されたとき、オレらは相談した。純子にこの話を打ち明けるかどうか、迷った。せやけど――」

信明が引き継いだ。

「せやけど、純子とオレらには、他人に話せん、もっと深い秘密があるけんのう。このことだけを黙っておくこともないやろう、とオレは思うた」

「あれに勝る、深い秘密はないわな」

あの時を懐かしむように信夫が賛同した。

深い秘密。

オレの糞を喰ったことか。

純子自身は、それほど厳重な秘密だとは思わないのだが、あの日あの後で、信弘が、純子を含めた三人に固う口止めしたのだ。

「純子の家は、今でさえ村八分や。オレらに糞を喰わせたと知れたらどうなる。オレらも含めて、村八分や。先々には、こんな淵で寄り集うのやなしに、純子を家に呼びたいとも思うとる。やけど、今日のことを親が知ったら、どうな。純子が敷居を跨ぐことも絶対に許さんけに。付き合うことも禁じられるやろ」

切々と言う年長の信弘に信明と信夫は了解した。

純子は一理あるかと、べつに自分の糞を、下の三軒家のガキどもに喰わしたことが露見しても、大して今までの暮らしに変わりはあるまいと思うていたが、周囲から慕われるようになり、周囲と関係を深めた今なら、信弘の深慮遠謀も理解できる。だから純子も、あの淵での夏の出来事は、胸の奥深くにしまいこんでいる。今では慥に純子と三人の深い秘密だ。

それにつけても、ムカつくのは、爾空とかいう乞食坊主だ。「未来永劫」などと御大層な約束をしておきながら、何をいまさら「法力が潰えてきた」だ。勝手なことをぬかしてやがる、と純子は憤った。

そして純子には爾空とかいう坊主に思い当たることがあった。幼いころから、深夜に時々自分を訪れたあの老人が爾空ではないか。そう言うたら、里の危機がどうとか、己の力がどうとかと言うていた。さらに気懸りなのは、その窮地を救えるのが純子だと言うた記憶があることだ。

しかし具体的にどうするのか分からぬことには動きようもない。

「で、どうするんよ」と信弘に質した。

「下の三軒家だけやない。他の家の、女房の枕元にも立つかもしれんやろ。今のうちに、手を打たないのか」

信弘が、強い眼力で真っ直ぐに純子を見た。

「無策で様子見するだけやない。トウチャンらは、いろいろ考えとる」と言うた。

信明が力強く肯いた。

「そや、先ずは西瓜祭りや。これはうちのトウチャンが考えた」

信明が胸を張る横で、信弘が貌を顰めた。信夫が脱力した息を吐いた。そんなことを気にする風もなく、信明が西瓜祭りの全容を語った。

「里の人間が総出で、淵の畔で西瓜を喰うのよ。淵にも西瓜を奉納するのよ。それで西瓜淵の坊さんの機嫌を伺うのよ。盛大に賑やかして、爾空さんをお慰めするのよ」

なるほど信弘が貌を顰めるはずだ。信夫が息を吐くはずだ。

純子は信明に質した。

「秋も終わろうかという今の時期に、どこで西瓜を仕入れるんだ」

もっと根本的な問題だと思うたが、信明でも分かりやすいことで責めた。案の定、それだけのことで、信明の勢いが止まった。「日本全国を西瓜を求めて行脚して……」などと、自分を鼓舞する言葉が尻すぼみになった。

「湧水が涸れるのであれば、水を他から引けばいい」信弘が信明を無視して言うた。

「今県では、香川用水の計画が検討されている。それと同じようなものを、この里でも考えればいいんだ」

信弘の説明によれば、香川用水とは、永年旱魃に苦しめられた香川県が計画したもので、讃岐山脈を挟んで流れる水量豊かな徳島県の吉野川から、香川県に水を引く試みらしい。讃岐山脈にトンネルを掘り、そこに用水路を通すという壮大な計画だ。純子が産まれる前から計画され、完成は、純子が二十歳になるころだと言う。

信明の言うた西瓜祭りも大概だが、信弘の言うことも大概だった。

「どれだけ金が要るんじゃ」純子は指摘した。

「そんな金を、この里のためだけに、国や県が使うてくれるか」

さらにダメ押しをした。

「そもそも水を引くまで、何年掛かるのだ。明日水が涸れたら、水が引けるようになるまで、里の者はどうやって暮らしを立てていけばいいんじゃ」

信明に続いて信弘も項垂《うなだ》れた。まったく役に立たない男たちだった。オマエはどうなという気持ちを込めて、純子は信夫に視線を送った。

信夫が顎を引いた。そして言うた。

「先ずは百姓を諦めることだと思う」

期待できそうな意見だと純子は感じた。

「どうやって喰っていくんだ」

すかさず信弘が反論した。信夫が答えた。

「純子の叔父さんを見て思うたんやけど、町場に働きに出ればいいと思う。工事でも工場でも、人手を欲しがっている会社はいくらでもあるんじゃないかな」

「そうや、日本は今、高度成長時代やけんな」

叔父からの受け売りだったが、純子は勢い付いた。

「ただし、このまま里で暮らすためには、生活の水がいる。煮炊きをしたり、風呂に入ったり、洗濯をしたり、水無しでは生活そのものが立ちいかんけん」

「で、どうすればいいんな」

信夫は回答を持っている。そう感じて純子は質した。

「水道や」

信夫が力強く答えた。

なるほど水道か。それがあったか。純子は、思わず膝を打ちそうになった。

現物をまだ見たことはないが、水道のことは知っていた。蛇口とかいうものを捻れば、忽ち水が湧いて出る文明の利器だ。一瞬、花子の家に備えられていた竹の樋が浮かんだが、そんな脆弱なものではない。

水道が来れば、日々の暮らしはどうにかなるだろう。水道には、水道料金というものが掛かり、水に金を払うなど、今までの暮らしでは考えられないことだが、今までの暮らしが今のままでは立ち行かないのであれば、それも仕方ない。

「そやけど、問題がないわけやない」

他の二人と違い、信夫が自分の意見に注文を付けた。そのことで、純子には余計に信夫の意見が真っ当に思えた。

「水道を引くためには、町の浄水場から水道管を引かんとあかん。さらにそこから個別の家庭に、水道管を引くんじゃ。香川用水ほどではないが、これにも金が掛かる。税金ですることだろうが、国や県が、どれだけ前向きに検討してくれるか、不透明じゃ」

不透明。その言葉に純子はジンとした。

中学一年生が使う言葉ではない。信夫がずいぶん逞しく感じられた。こいつにだけ、糞を喰わしてやろうかと、あらぬことを思うた。

あの夏の日以来、三人に糞を喰わす機会はなかった。信明などは、あの日を懐かしむように語り、それは遠回しに、また糞を喰いたいと言うているようなものなのだが、信弘に注意され、口を噤《つぐ》むのが常だった。信夫は信明ほど露骨ではないが、信明がその話をすると、心なしか、目を輝かせた。

「金があれば何とかなるのか」

純子は信夫に質した。

「ああ、税金ですべてを賄うのではなく、里でいくらかの金を拠出するとなれば、お上も考えてくれるんやないやろうかと思うけんど」

「ちょう、待てや」

大人しく話を聞いていた信弘が口を挟んだ。

「オマエは、ウチらの家の経済がどう成り立っているか、知っているよな」

「ああ、知っとるよ」信弘に挑むように信夫が答えた。

「ウチらの家も百姓やけど、それとは別に、里の人に土地を貸して、その上がりで潤っとるんやろ。それは知っとる」

「それを知っとって、里の百姓を諦めろと言うのか」

「結局その話になるから、オレの水道の案は、下の三軒家の大人らに受け入れられんのや。そやけどウチらは、永い年月、ジイチャンや、そのまた昔のジイチャンらや、ホンマに永い年月、里の人からの賃料で楽に暮らしてきたんやないか。もう、そんな暮らしにしがみ付くのは止めにするときやないか」

純子は驚いた。水道の案は、信夫ひとりが考えたことなのか。中学一年生の身で、大人たちに反対されているのか。信明の西瓜祭りにしろ、信弘の香川用水にしろ、大人たちの受け売りだろう。しかし信夫は、ひとりで考え、ひとりで悩んでいるのだ。やっぱりコイツには、糞を喰わせてやろうと純子は思うた。

「夢物語を言うんやない」

自分で香川用水の話をしておきながら、信夫を諌めるように信弘が言うた。

「オレらは、しょせん中学生や。何をしても最後の最後は金が絡む。そこから先は大人の領分や」

分別臭いことを言うた。コイツには糞はやれんな、と純子は胸の内で思うた。

「そや、金の話は、大人の領分や。子供は、西瓜祭りをどう盛り上げるか、考えるのが仕事や。オレは笛太鼓がええと思うとる。踊りもいるわな」

信明がまた胸を張った。コイツは論外だな、と純子は呆れた。

「オレに考えがある」

言い争いを始めそうな気配の三人の少年に割り込んで、純子は言うた。

「金の工面ができて、お上に働きかけられる大人が加わればいいんだな」

信夫に確認した。

「うん」と信夫が弱々しく答えた。信夫には、その先が見えないのだろう。

「だったらオレに任せろ。オレのニイチャンは、もう肥担ぎやない。町場で人足頭を務める身や。ニイチャンならええ知恵があるに違いない」

純子の言葉に三人の少年が肯いた。特に信夫は純子の手を取って、「頼む。そうしてくれ。里のためや」と、期待を込めた目で純子に言うた。

プラタナスの幹に弱々しい蘖《ひこばえ》があった。要らない枝が一葉の葉をつけていた。ほとんど葉脈だけの葉の向こうに、晩秋の滴るような夕陽が沈もうとしていた。

二十七

次の休みに帰宅した叔父に、純子はさっそく信夫の案をぶつけてみた。叔父は少し考え込んでから言うた。

「すまん。言うていることを理解するのに、時間が掛かった」

照れるように頭を掻いた。

「その、信夫くんとかいう子、凄いよね。中学一年生で、そこまで考えられるやなんて、並みやないわ」

心底感心している声だった。

「そやろ」

信夫が叔父に認められたことに胸を躍らせて、純子は息急ききった。

「オレはええ案やと思うたんやが、大人のニイチャンから見てどうな」

鈍間。糞蠅。蝦蟇蛙。叔父を侮蔑する言葉を、これまで純子はどれだけ吐き散らしてきたことだろう。だが、そんなことは記憶の欠片にもなかった。頼れる大人、それが今の純子にとっての叔父だった。

「最初の、百姓を諦めて町場に出るという考え方やけど」

純子の期待に副うかのように、叔父が思慮深く言うた。

「オレ自身そうやったけん、分かるわ。そら、棲み慣れた土地を出て、馴染んだ仕事を捨てるというのは、中々に難しいことやろうけど、町場には仕事が溢れとるけん。実入りも、百姓とは比べもんにならん」

叔父の言葉に純子は違和感を覚えた。「誰も、この里を出てとは言うとらんけん」その部分を訂正した。「そのための水道やないか」

「そこや、問題は」

諭す口ぶりで叔父が言うた。

「水がなかったら、人は生きてゆけん。そやから水道を引くというのは、まあ、解決策としては考えられることやけんど、生半《なまなか》なことでは、水道は引けんけに」

水道を引くためには莫大な費用が掛かる。個人でどうこうできるものではない。県のお役人に認めてもらわなあかん。しかし、こんな小さな里のことを、果たして県のお役人が考えてくれるかどうか、叔父は純子の期待に水を差すようなことを言うた。

それくらいなら、いっそ里を捨てて、町場に出たほうがいい。自分がそうだったように、棲むところは会社が用意してくれる。それほど今は、人手が足りない時代なのだ。そんなことを訥々と語った。

なるほど叔父の言う通りかもしれないと内心で思いながら、しかし純子は、その意見に抵抗があった。排気ガスが充満する町場に出るという発想を、素直に受け入れることができなかった。里の他の人もそうだろう。そんなことをして金を稼いで、幸せになれるのかと疑問に思うた。

「いずれにしても、水道の件は、オレに、いやオレが勤める会社にも、手に余る事業やけんのう」純子の不機嫌を察した叔父がそんな言葉で締め括った。

「ほな、どこの会社なら、手に負えるんじゃ」

純子は諦めきれずに食い下がった。「ほうやのう」と顎を撫でた叔父が口にしたのが『東讃興業』だった。

「あそこの社長は、まだ若いけど、やり手やけん。県のお役人や、政治家とも繋がっとる。あの会社なら、何とかできるかもしれん。そやけど、あの会社は――」

叔父が口籠った。

「ヤクザやな」

純子が言うた。叔父が驚いた。

「何でそんなこと、オマエが知っとる」

知っているどころではない。『東讃興業』といえば、祖母が純子を売りに行った会社ではないか。パリッとした作業服を身に着け、その袖口から刺青を覗かしていた社長のことを純子は思い出していた。なるほど、あの社長だったら、叔父とは違う考えを示してくれるかもしれない。

俄《にわ》かに叔父が鈍間に見えてきた。それに引き替え『東讃興業』の社長には、こちらを圧倒する何かがあった。頼れるのはあいつか。まだ叔父が、あれこれ言っているのを聞き流して、純子は直談判に高松に出向こうと決めていた。

金のことは信夫に相談した。信夫は同行を希望したが「子供が出る幕じゃないけん」と、自分より年上の相手を純子は諌めた。高松に直談判に行く先が、ヤクザだとは言わなかった。言えば意地でも、信夫が付いてきそうな気がした。どう考えても、信夫を連れて行ける場所ではなかった。信夫はしぶしぶ、八枚の百円札を用立ててくれた。以前と同様、ボンネットバスの窓から反吐を撒き散らして、純子は高松へと辿り着いた。

二十八

記憶を頼りに『東讃興業』に至り、あの時と同じように、会社の前にいた若い男に社長への面会を希望した。今度は紅も引いていないし白粉も塗っていない。いちおう、余所行きの恰好として純子が選んだのは、白いワンピースだった。しかし靴は持っていなかったので、赤い鼻緒の草履を履いてきた。

「社長は上におるけど、何の用な」

若い男がどちら様とも確認せず、用向きを訊ねてきた。

「金儲けの話をしに来た」

純子は胸を張って言うた。若い男が鼻で嗤うた。

「オマエ頭がおかしいんと違うか」

歯牙にもかけない態度だった。

「オマエみたいなんを繋いだら、社長にパチキ喰らうわ。オレら忙しいんや。帰った帰った。おととい出直さんかい」

蠅でも払うように、手をひらひらさせた。

「じゃかんしわ。早よ、社長に取り次がんかい」

「何ぞ、この糞ガキが。カバチたれとったら子供でも、承知せんど」

若い男が気色ばんだ。

「オレを子供扱いすな。オマエら入れ墨者にびびってたまるけえ」

精一杯の声を張りあげた。その声に二階の窓が開いた。社長の六車が貌を覗かせた。

「何を騒いどんぞ」

茫洋とした声で語り掛けてきた。応えようとした若い男の出鼻を挫いて、純子は二階に向かって怒鳴った。

「おお、社長さん。覚えとるか、オレや、純子や。前に、バアチャンと身売りに来た、純子や。よもや忘れたわけやあるまいな」

口を半開きにして、六車が考え込んだ。すぐには思い出せないようだった。慥にあの時は白塗りだったし、純子と名乗ってもいない。

アッと六車の貌が輝いた。どうやら記憶が繋がったらしい。

「おお、あの時の嬢ちゃんか。きょうはひとりで来たんな。まあ上がって来まい」

笑顔になって手招きした。

純子が通されたのは、あの時と同じ応接セットのある部屋だった。茶の代わりに、コップに入れたオレンジジュースが出された。ジュースというのが子ども扱いされているようで、純子はそれに手を付けなかった。

「けど、見違えたのう。白拍子の嬢ちゃんが、こんな別嬪さんやったとはのう」

純子を繁々と眺めながら、六車が心底感心した声で言うた。たとえ相手が誰であろうが、別嬪さんと言われるのは心地好いものだったが、純子は頬を緩めずに、強い言葉で相手に返した。

「嬢ちゃんは止めてくれんか。純子という、ちゃんとした名前があるけんの」

「ほら失礼したのう。で、その純子ちゃんが、本日は何の用で参ったのかのう」

純子ちゃんという言い様にもカチンときたが、とりあえず要件が先だと思い直して切り出した。

「人手を紹介したい。社長の会社も人手不足やろ。男でも女でも、百姓仕事で鍛えた人手を二十人、三十人、紹介したいが受け入れてくれるか」

「どした。身売りがあかなんだら、今度は手配師に商売替えか」

六車が軽い驚きを見せた。

「そらあ、うちに来て貰うたら仕事は何ぼでもあるけんど、どうして純子ちゃんが、それだけの人足を手配できるんな」

不審がってはいるが、三十人という人足の手配に、六車が身を乗り出している気配を感じて純子は丹田に力を込めた。そして里の窮状と信夫の案の前半を披露した。

「なるほど、百姓を捨てるか。もし本人らが、それでええのやったら、うちでも喜んで受け入れるで。仕事は切れ目なしに入ってくるけど、人手不足に困っとんや。社員にも、かなりの無理をさせとる。新たな手が増えるのは大歓迎やけん」

手応えを覚えて水道の話をした。

六車が考え込んだ。そして言うた。

「上水道は難しいのう。そやけど、簡易水道なら何とかなるやろ。純子の里には『西瓜淵』という湧水もあるんやから、そこを水源にすれば――」

「その『西瓜淵』が涸れかけとんや」

六車の言葉を遮って純子は言うた。遮りはしたが、『西瓜淵』の存在を相手が知っていたことに意表を突かれた。できる男は違うと感心した。

「百姓を続ける水や生活する水が無くなるのは、それがすべての原因や。百姓を止めても、生活する水がないのでは里は滅びてしまう」

「やったら町に出たらええやないか。三十人くらい、家族も含めて、棲む場所くらいは、うちで面倒するで」

「阿呆か。喰うために、仕事を替えるのは仕方がないとしても、生まれた里を、そう易易と替えられるものか。アンタも社長やったら、人間の機微くらい斟酌せんか」

叱責した。六車が薄く微笑んだ。

「人間の機微か。面白いことを言うやつやな。迂闊なことを言うてしもた」

そう言うてから両膝に両手を突いて頭を下げた。

「オマエの言う通りや。今の時代、高度成長期やなんやらぬかしやがって、人間の大事なことを、置き去りにする風潮があり過ぎる。ヤクザかてそうや。金儲け第一や。慥に里を捨てたらあかん。人間、帰る場所が必要や。いや、すまなんだ」

六車が再び頭を下げた。

「そやけど、湧水が使えんとなると、ちょっと難儀やのう。町から本管を引くしかないか。そうなると、難しい問題があれこれ出てくる」

「金か。金ならオレが借金する。働いて返せばええと、前に言うてたやろ」

「オマエ、どしたんや」

六車が目を丸くした。

「里の難儀を救うために自分の身を売ろうと言うのか。本気なんか」

「ようよう考えてのことじゃ」

相手の目を見据えて言うた。考えた末の、それが純子の結論だった。

純子が幼いころから夜更けに純子を訪れた老人は、村の凶事を予言していた。そのうえで純子がそれを救えると仄めかした。そして現在、下の三軒家の女房らの夢枕に立つ爾空とか名乗る乞食坊主、言うてることからしても同じ人物だろう。

里に棲んで町場に働きに出るために生活の水が要る。その水さえ確保できれば里は救われる。水を引くためには金が要る。その金を作るために身を売るのが自分の役割なのだ。

しかし六車は痛々しげに首を横に振った。

「オマエが身を売ってもどうにかなる金の嵩やない。そやけどそれ以上に難儀なんが、行政をどう納得させるかということや」

相手の言いたいことが、純子には推測もできなかった。

六車が居住まいを正した。

「これは純子が考えたことか」

真剣な目で問い掛けてきた。

「考えたんはオレの友達や。そやけど子供では限界がある。そやから社長さんに、知恵を借りに来たんや」

「ここに来たのは、純子ひとりの判断か」

一呼吸おいて再び問われた。

「里をどうにかしたい。その一念でここに来たのか」

誘導されているようにも、自分の覚悟を確かめているようにも聞こえる問いだった。

相手の言葉を自分の胸の内で繰り返した、純子は自分自身に問い掛けてみた。

里をどうにかしたいと、オレは思ってここに来たのか?

三人の少年の貌が浮かんだ。彼らの母親らの貌が浮かんだ。古びた分校の校舎が浮かび、そこに通う生徒らの姿が浮かんだ。祖母が浮かび、祖父が浮かんだ。里の景色が親しみを持って純子の胸に迫った。

「そうや、オレひとりの判断や。身を売る覚悟の話に、友達を付き合わすこともでけんやろ。一緒に行くと言われたが、八百円借りただけで、同行は断わった」

「そうか」

六車が肯いて、また考え込んだ。あまり相手が長く考え込んでいるので焦れて「無理なのか」と純子は質した。

「ちょっと待ってくれ。無理とは言わん。そやけど、オレかて社員を預かる身や、軽々《けいけい》に結論は出せんわ」

六車がデスクからメモ用紙を取ってきて、細かい数字を書き込み始めた。やがて大きな息を吐き、数字を書き込んでいた鉛筆を応接テーブルに転がした。

「分かった。一つだけ方法がある」

「ほんまか」

「オマエ、身を売る覚悟やと言うたな」

「ああ、言うたがそれがどうした。オレが身を売るくらいの金じゃ、どうにもならんと言うたのは、オマエやないか」

純子の言葉を無視して相手が話を始めた。

「簡易水道でやるにしても、里まで水を引かんことにはどうにもならん。それをするには、水道行政の大本営になる、厚生省を動かさなあかん」

「国を動かす話なのか」

「いや、出先機関が高松にもあるけん、実際に動かすのはそこでええ。とは言うても、簡単なことやないけんどな」

慥に簡単なことではないだろう、それくらいのことは純子にも想像できた。

「陳情するしかないやろな」

「陳情？」

「こんな時のために政治家がおるんじゃ。政治家に、頼むんよ」

「国会議員に頼むんか」

その年の七夕に参議院選挙があった。純子にはほとんど興味のない出来事だったが、青島幸男だの横山ノックだの、俳優や芸人が国会議員として選ばれ、新聞紙面を賑わした。芸人ではないが、人気俳優である石原裕次郎の兄、石原慎太郎とかいう小説を書く人も、三百万を超える票を集めて当選していた。学校でも話題になったが、しょせん里に住む者には縁のない話だ。

「国会議員までは必要ない。それでは相手が大き過ぎる。県会議員を抱き込めば、何とかできるかもしれん」

「抱き込めるのか」

ありそうな話に、純子は前のめりになった。

「当てはある」

そう言うて六車が口にしたのは『松下忠雄《まつしたただお》』という県会議員だった。

「県政の実力者よ。松平家に繋がる名家の出で、香川大学を卒業後、イギリスに留学し、県庁職員から県会議員に転身した男だ」

松下とかいう男の経歴を、掻い摘んで六車が説明した。なぜか口調が忌々しげだった。

「そいつに、袖の下を渡すのか」

純子が訊ねると、フンと六車が鼻を鳴らした。そして益々忌々しげに言った。

「松下は、高松、いや、香川でも指折りの金持ちのボンボンやけん、賄賂が利くような相手ではないわ。だがな――」

六車の話によると、松下は大の人形コレクターだそうだ。

「人形って、リカちゃん人形ならオレも持ってるぞ」

純子の場合、趣味にするほど気に入ってはいない。ちなみに信弘も信明も信夫も、純子のほうが、よほど美人だと評価してくれた。

「着せ替え人形やない。英国留学中に嵌った、ビスクドールとかいうアンティーク人形や」

「それを貢物にするのか」

「人形と言うても松下だけのコレクターを唸らせる代物となると、半端なことじゃ手に入らんけん。もちろん値段も半端やないけん」

「何や、それもダメな話か」

純子は落胆に肩を落とした。六車が首を横に振った。

「ビスクドール以外に、松下がコレクションしとるという噂の人形がある。あくまで裏の噂やけんどな」

声を潜めて言う六車の態度に、純子はピンときた。

「生身の人形か」

同じように声を潜めて言うた。

六車が重々しく肯いた。そして「裏の噂じゃ」とこれ以上ない小声で念を押した。

二十九

ビスクドールかアンティーク人形か知らんけど、オレが人形ごときに負けるわけがなかろう。純子は、松下という県会議員の貢物に自ら進んで志願した。

その足で六車は純子を近所の写真館に連れて行き、衣装を借りて写真を撮った。見たこともないようなドレスを純子は着せられた。

「写真が焼き上がったら、松下のところに持って行く。それであいつが喰いついたら、しめたもんやけん。そやけど――」

再び『東讃興業』の一室で、ふたりは向かい合っていた。

「オマエを手に入れた松下が、オマエに何をするか、そこまでは、オレも分からんけんな。ほんまにそれでええんやな」

写真館に行く前も、行ってからも、写真館から帰ってからも、何度も何度も六車は念を押した。

「まさか、そのまま、ほんまもんの人形にしたりはせんと思うけど、コレクターというのはまともやないからな」

そう言うて、六車は三年前に公開された『コレクター』というハリウッド映画の話まで持ち出した。それは美少女を自分のものにしようと、クロロホルムで誘拐し、地下室に閉じ込めて愛玩にするという筋の映画らしいが、純子は、映画の話だと本気では聞かなかった。ただし自分ほどの美少女なら、そんな運命もあり得るかと、他人事のように思うたりもした。いずれにしても、純子の覚悟が変わることはなかった。

それから一週間後、六車から電報が届いた。

アスノ　ヨル　ムカエニ　イク
簡素な文面だったが、松下が喰いついたことを純子は知った。

そして電報の連絡の通り、次の日の午後八時に、六車が自家用車で迎えに来た。祖母には「ニイチャンのところに行ってくる。町場に引っ越す前の準備じゃ」と言うておいた。六車は祖母に貌を知られているので、「里の下まで、ニイチャンの会社の人が迎えに来たから」と誤魔化した。

六車と合流する前に井戸端に足を向けた。母の亡霊はいつもと変わらず表情のない貌で、井戸蓋の上に寝そべっていた。

「今夜でお別れかもしれん」母に言うた言葉に、地蔵が反応した。

「どうした、急に改まって」

地蔵に目を落とした。腰を屈めて丸い石の頭を撫でた。少し欠けているのは、いつぞや純子が石で殴った痕だ。

「どうもせん。ちょっと遠くに行くだけやけん」

「望みが叶ったか。いよいよ売られて行くのか」

「まぁ、そんなもんや」

「それは目出度いのう」

純子は地蔵の前に膝をついた。「目出度いと言ってくれるか」

「それが小さいころからの望みやったんやろ」

「そうやな、やっと、望みが叶のうたんやな」

そう言って純子は、幼いころのように笑うた。
ギ　ギ　ギ
地蔵も同じように笑うた。
ジ　ジ　ジ
里の夜は真っ暗だった。月は出ていなかった。星明かりしか里を照らすものはなかった。

暗い道を下まで歩いて六車のもとに至った。自家用車を運転する六車の隣、助手席で揺られながら、ヘッドライトが映し出す里の景色に、純子は万感の思いが湧いてくるのを止められなかった。祖母と里の家々を回った肥汲みの仕事伺い、渋る家で竹竿に付着した糞を舐め取った時のこと、マムシを振り回した幼いころ、信弘や信明や信夫と過ごした淵での夏休み――どれも懐かしい思い出ばかりだった。

「泣かないのか」

ハンドルを握った六車が前を向いたまま言うた。そう言えば、と純子は考えた。

「小さいころから、泣いたことは一度もないけん」

「強いんだな」

「ああ、オレは強いぞ」

そう言い切ると、この先のことも、なるようになると思えた。不安を覚えていない自分が頼もしく感じられた。

三十

高松へと移動する車中で六車からの説明があった。県議を務める松下は、純子の写真に甚《いた》く惹かれたらしい。

「すぐにでも会いたいと言うた。暇な人物やない。全部の予定を後回しにしても、純子に会いたいと、ずいぶんな熱の上げようや」

「肝心の話はどうな」

「水道の本管を引く話なら、快諾やったわ。純子と引き換えなら、という条件でやがの」

「その本管が引けたら、里の家は水道を使えるのか」

「本管だけでは、水道は使えん。本管を家々に繋ぐ、給水取り出し工事が必要になる。まぁ、そのあたりのことは任せておけ。取り出し工事は、うちの会社でやってやるけん」

六車の口調が恩着せがましく聞こえたので、純子は言うてやった。

「なるほど、それがオマエの会社の儲けになるわけか」

六車が苦笑した。

「本気でうちの儲けを考えて、里の者らがそれを払えるかのう。とは言うても、水道事業は受益者負担の面がある。全部を役所が見てくれるわけでもない」

「ほな、あかんやないか」

「乗り掛かった船や、取り出し工事はロハでやってやるわ」

「なぜそこまで肩入れするのや。オマエ、ひょっとしてオレに惚れたか」

「何を言うかと思うたら」六車が呆れた。そして「慥に惚れたかもしれん」と認める言葉を吐いた。

「オマエにも、オレの身体で礼をせなあかんのか」

別にそれでも構わないが、と純子は思うた。

「どんな教育受けとんな」六車が首を横に振った。

「惚れると言うたら、身体のことしか思いつかんのか。オレはオマエの心意気に惚れたんじゃ。ええか、純子よ。人間はな、下半身だけで物事を考えとんやないぞ」

純子を諫める口調だった。

「ロハで取り出し工事をやるというのには理由がある。水道工事が成って、純子の里の連中が百姓をやめてうちの会社に来てくれたら、一年とかからず元が取れる話や。オレかて社員の暮らしを預かる社長や、それくらいの計算はしとる」

あの時、六車がメモ用紙に鉛筆で数字を並べていたことを、純子は思い出した。損得を計算していたのか。なるほど社長をやる人間は違うのうと感心した。

「そんなことより」

六車が言葉を改めた。

「オマエが今夜、あの変態に何をされるのか、オレには想像もつかん。そのうえで言うが、松下から条件を突き付けられた。事前に断わっておくべきかと思ったが、どうせオマエは好きにしろと言うやろうから、今ここで言うが、眠らせたオマエを函に入れて持参しろというのがアイツの注文じゃ。まさか異論はあるまい、な」

「好きにしたらええけん」

「人形のように愛でたいということかもしれんが、オマエには睡眠薬で眠ってもらう。どんなことをされるか、想像もつかん」

「好きにしたらええと言うとろうが。オマエ、怖気とんか」

フッと笑って、そのまま六車は口を噤んだ。

六車の車が向かった先は、前にも行った写真館だった。そこで前と同じ、飾りの多いドレスに着替えた。着替える前に、写真館の主人が、どこから手に入れたのか、ビスクドールの写真を見ながら化粧を施してくれた。髪もセットしてくれた。コルセットとか、面倒な着付けも手伝ってくれて、貢物の生き人形が完成した。

全身を映す姿見で、自身の仕上がりを確認した純子は、化粧から着替えの間中、何度も写真館の主人が参考にしていたビスクドールの写真を思い出し、自分のほうが勝っていると、ニンマリとした。ただ、すぐに笑顔は消した。写真のビスクドールは笑っていなかった。母のように無表情だった。それに倣った。

「新品のドレスを買うてやりたかったんやけんど、なんせ三越が改装中やったからな」

背後から鏡を覗き見る六車が言い訳した。三越は高松空襲で焼け残ったものの、内部の損傷が激しく、前の年から全面改装のため休業しているのだと補足した。

「終戦から二十三年、もう戦後やないけんなあ」

その場にまるで似つかわしくない感慨を、しみじみと六車が口にしたりした。

着替えてから『東讃興業』に場を移した。棺桶のような白木の函が用意されていた。函に入る前に、睡眠薬とコップの水が渡された。躊躇いもなく純子はそれを服用し、赤いビロードの布を貼った函に仰向けに横たわって胸で手を組んだ。

函が蓋され持ち上げられた。

「慎重に運べ」

六車が指示する声が聞こえただけで、後は無言で純子は運ばれた。車に乗せられ、移動し、降ろされ、どこかに着いた気配がした。

「まだ起きとるか」

函の外から六車が問い掛けてきた。純子は函の蓋を内側からノックした。眠ってはいないが、睡眠薬が効いて、喋るのが億劫になっていた。

「屋島の麓の料亭旅館やけん。松下は県庁のお偉いさんと懇親会しとる。小一時間もしたら、やってくるやろ。万が一に備えて、オレたちは外で待機するが――」

六車が言い淀んだ。意を決したように言うた。

「ほんまにええんやな。相手は稀代の変態や。何をされるか分からんぞ。今なら止めることもできるけん。オレが落とし前をつけてやる。止めるなら今やぞ」

純子は六車の言葉を無視した。とにかく眠たかった。

やがて溜息を吐いて、六車の気配が消えた。

純子は眠気に身を任せた。そのうち水の臭いが辺りに漂い始めた。母が沈んだ井戸の水の臭いだ。以前と同じように、それは函の中で徐々に水位を上げていった。純子は水の臭いに包まれた。そして静かに眠りに墜ちた。

三十一

目が覚めると夜が明けていた。身体が沈み込みそうな敷蒲団と、まるで重みを感じない、柔らかな掛け蒲団に包まれた目覚めだった。着衣の乱れはない。身体のどこにも痛みや異常を感じなかった。あえて言えば腹が空いていた。

枕元に持鈴《じれい》があった。四国霊場を巡る遍路が、腰にぶら下げているような鈴だ。それを振ってみた。

チリン、チリン、チリン、チリン

涼やかな音に大気が浄化された。

姿を現したのは六車だった。「腹が減った」と純子は伝えた。

「腹が減ったもいいが、昨日の首尾が気にならないのか」

六車が言うて乱暴に寝床の横に尻をついた。胡坐を組んだ。やや不機嫌だった。

「気になるもならんも、オレは眠っていたのだから、どうしようもないだろう」

「そう言われては返す言葉もないが」

「不首尾だったのか」

相手の態度にそう感じた。

「オレを見て、松下は感激しなかったのか」そんなはずはないと思った。

「いや、松下は、オマエを見るまでに至らなかった」

「どういうことや」

六車に詰め寄った。せっかく準備万端整えて、人形の真似をしたのに、見てもらえなかったとはどういうことか。

「幽霊が出て、大騒ぎになった」

六車がバカバカしいという気持ちを隠さずに言うた。

「オマエを入れた函は、この部屋に置かれていた。懇親会を終えた松下が、馬鹿面下げてこの部屋に入ってくると、幽霊がいたんだ」

幽霊は函の蓋の上に寝そべっていた。憑《と》り殺さんばかりの恨めしげな眼で、松下を睨《ね》め付けていたらしい。

「半分透けた姿で、向こうの鏡台やらが見えたらしい」

それで大騒ぎになった。夜を引き裂く松下の悲鳴に、待機していた六車らが駆けつけると、松下は泡を吹いて失禁していた。

カアチャンだ
純子には事態がすぐに呑み込めたが、六車はそうではなかった。瘧《おこり》にでも罹ったように震える松下を別室に移動し、宥め宥め、ようよう聞き出したのが、幽霊が現れたということだった。

「水道の話はどうなる」

「それどころじゃないだろ。状況を考えてみんかい」

六車が吐き捨てた。

「この世に幽霊がいるなど、オレは信じぬけん。そやけど……オレも……見たんじゃ。あれは……あれは、この世の者やないきに」

松下を落ち着かせて、そんな馬鹿な話があるかと、純子を残した部屋に戻った六車は、まだそこにいた母を見たのだ。六車の声が徐々に弱々しくなる。震えてさえいる。

「幽霊は……オマエを……守ろうとしていた。オレには……そう見えた。睨め付けられて……オレは……心臓が……凍るかと思うた」

その時のことを思い出したのか、六車の右手が、作業服の上から左の胸を強く握りしめた。貌から血の気が失せていた。

純子は寝床から起き上がった。もうこの男は立ち直れんな、と見切りをつけた。

「里に戻るけん。車を出してくれや」

言い捨てて部屋を後にした。とりあえず腹を満たすために、厨房と思しき場所に足を向けた。料亭旅館なら握り飯くらいあるだろう。厨房は無人だったが櫃に飯が残っていた。手摑みでそれを食って腹を満たした。

『東讃興業』の車で里に戻って、純子はまっすぐ母の井戸に足を向けた。母は、いつもと変わらぬ場所に、いつもと変わらぬ姿でいた。

「何で、ジャマした」

母を怒鳴りつけた。

「いまさら、母親の真似事か。しょうもない。有難迷惑じゃけん」

唾を飛ばして罵倒した。

「オマエのせいで、水道の話がぶち壊しになったけん。どう始末をつけるつもりなんや。ええ、何とか言うてみさらせ」

しかし母はいつもと同じ、焦点のない眼差しを純子に向けるだけだった。

「水道は要らんけに」

足元で声がした。地蔵の声だった。

「親子の話に割って入るな」

純子は地蔵も怒鳴りつけた。

「水道がなくて、里の者の暮らしはどうする。地蔵に何が分かる」

「水道は要らんけに」

無表情のまま、地蔵が繰り返した。棒読みだった。

「オマエは黙っとれ。水道は絶対に要るんじゃ。地蔵ごときに何が分かるか」

「水道は要らんけに」

無性に腹が立ってきた。手近にあったコブシ大の石を拾い上げて振り被った。

「黙れ、黙れ。オレは覚悟を決めて行ったのに、母親にジャマされたんぞ。虫の居所が悪いんけん。それ以上口を挟むとただでは済まんけんな」

貌を真っ赤にして地蔵を睨み付けた。

「水道は要らんけに」

堪忍袋の緒が切れた。

「煩いわ」

怒鳴って、手にした石を地蔵の頭に振り下ろした。

ゴツン
鈍い音がして地蔵の首が捥《も》げた。頭が足元を転がった。

すいどうは　いらん　けに
地蔵が言うた。

三十二

その夜、乞食坊主が、また信弘の母の夢枕に立った。次の夜、信明の母の夢枕にも立った。そのまた次の夜、信夫の母も乞食坊主の告げを聞いた。乞食坊主は同じことを下の三軒家の女房らに言うた。

「どうしても里を捨てたくないのであれば、娘を差し出せ。里で一番の美貌の娘だ。娘を差し出せば、再び西瓜淵の湧水を与えてやろう。我が法力を疑うな。その証に、次の満月に、西瓜淵の底を里の者に見せてやる」

その予言に半信半疑だった女房らは、それでも気に懸り、旦那らを伴って、三日後の満月の夜に西瓜淵を訪れた。そこで六人が目にしたのは絶望的な光景だった。乞食坊主の予言の通り、淵の水が完全に涸れていた。西瓜淵は溜り水もなく、永年湧水で磨かれ丸くなった砂利石の底を、月光が白く浮かび上がらせていた。

六人は家に戻って話し合うた。自ずとその内容は信弘、信明、信夫の知るところとなった。従うしかないかと言う大人らに、三人の少年は強硬に反対した。里で一番の美貌の娘と言えば、純子を措《お》いて他にはいない。純子を乞食坊主に差し出すなど、できようはずがない。

「純子の耳に入れたらあかんけん」

信夫が年長の二人に釘を刺した。信夫は純子が、水道のことで高松に行ったことを知っている。そこで何があったかまでは知らないが、身を捨てる覚悟だったと承知している。このことを知れば、純子は迷うまい。迷わず乞食坊主に身を差し出すだろう。

水道の件がどうなったのか、信夫は聞かされていない。どうやら不首尾だったと、それは純子の態度で推し量られた。不首尾を、ある意味、信夫は歓迎していた。水道を引くには、考えもつかないほどの金が要るのだろう。それを純子が、我が身一つで贖《あがな》うとなれば、どれだけのことに純子は耐えなければならないのだ。想像さえできないが、絶対にそれを許してはならぬと信夫は固く思うていた。八百円を渡してしまったことを、純子に同行しなかったことを、信夫は、我が身を殺したいほど後悔した。

しかし信夫の思惑を余所に、ますます事態は逼迫してきた。西瓜淵が涸れると予告した満月の夜以来、乞食坊主は、下の三軒家の女房たちの夢枕に頻繁に姿を現した。そして現れるたびに、不吉な予告を残していった。何時何時《いついつ》までに娘を差し出さねば、井戸の水位が二尺を切るとか、三尺を切るとか、その予告は、正確に現実のものとなった。下の三軒家の女房らも、自分らの胸にしまっておくことができなくなった。

噂は、隣家から隣家へと、瞬く間に里一帯に拡がった。それは否応なく、純子の知るところとなった。

「何で黙っていた」

放課後、下の三軒家の少年らを、前と同じ校庭の隅に呼び出して純子は問い詰めた。

「乞食坊主が夢枕に立ったなんて、バカバカしくて――」

信弘が言うた。視線が足元に落とされていた。

「知ったら純子は、喜んで乞食坊主の人身御供になるって、こいつが言うから」

信明が言うた。視線が信夫に向けられていた。

「これは里の問題やけん。子供の純子が、ひとりで背負わなあかんことやないけん」

信夫の視線は真っ直ぐに純子を捉えていた。

「乞食坊主が言うとる通りに、淵や井戸の水が涸れとんやな」

純子は知らなかった。純子の家の井戸だけは変わらず水を湛えていた。

「偶然の一致かもしれんけん」と、信弘が言うた。

「そんなことあるかいな。言うた通りの日に、言うた通り水が涸れたんやで」と、信明が反論した。

「もし、そうやとしても」と、信夫が横目で信明を睨んだ。

「乞食坊主というのは、うちのカアチャンらが見た目でそう言うとるだけや。里の皆は、西瓜淵の水を里に与えてくれた伝説のお坊さんやと思うとる。そやけどやで、そんな法力を以て、里のためになることをしてくれたお坊さんが、いまさら純子を人身御供に出せなど、理不尽なことを言うやろうか」

首から上を真っ赤にする熱弁だった。

「それだけやない。最初うちらのカアチャンらの枕元に現れた時、坊さんはどう言うた？　自分の法力が切れたけん、これ以上、里のものに水を与えられん。すまんけど、里を捨ててくれと言うたんやで。そんな謙虚な人物が、いきなり子供を差し出せと無茶を言うのはおかしいやろ」

最初の乞食坊主と、最近現れるようになった乞食坊主は、別者ではないかというのが信夫の考えだ。最初が徳の高い坊さんだとしたら、最近のは、里の者らの動揺につけ入る妖怪の類ではないかと言うのだ。

「そんな妖怪の言うことを真に受けて、純子を差し出すなど、できるはずがないやないか。うちのカアチャンも、そう言うとるけん。最初と最近では、姿は似ているが別者らしい、とな」

「そうかあ？」

信明が首を傾げる。

「オマエとこのカアチャン、うちに来たときは、あれは間違いなく、最初の坊さんやと言うとったぞ。里を捨てろと忠告したのに、いっこうにその気配が見えんので、オレらの背中を押す意味で、無理難題を吹っかけとんやないかと、それがオマエのカアチャンの推量や」

信夫が信明を睨み付けた。唇を震わせたが言葉は出なかった。

「どっちにしても」信弘が口を挟んだ。「妖怪であろうが、オレらに里を諦めさすのが目的であろうが、純子が人身御供になる必要はないということや」

信明と信夫が力強く肯いた。

純子と少年三人の話はそれ以上、進まなかった。たとえ純子に人身御供を受け入れる気があったとしても、どうすればよいのかまったく分からないので、どうしようもない話だった。

純子は思案した。

西瓜淵が満々と水を蓄えているのであれば、そこに身を投げるということも考え付かないではないが——はたと、純子は思うた。オレの家だけ、井戸水が涸れていないということは、そこに身を投げろということなのか。あるいはそうかもしれない。母親と同じように、井戸に身を投げるのが、オレの定めなのかもしれない。

もちろん純子がその思いを、少年らに伝えることはなかった。伝えれば、また堂々巡りの話し合いになるに決まっている。彼らは絶対に純子の思いに賛同はしてくれまい。日暮れまで校庭の隅にいて、四人は冬の気配に身を縮ませて家路についた。

そしてその夜、純子のもとに乞食坊主が訪れた。

三十三

学校から帰ると、祖母が夕食を用意して待っていた。以前のような、粥だけの貧相な食卓ではない。叔父の稼ぎのお蔭で夕食の卓はそれなりに豪華だった。

その夜の献立は鶏のモツ煮だった。それもキンカンと玉紐が主の豪勢なものだ。キンカンとは産卵前の黄身を言う。さらにその黄身が繋がれている卵管が玉紐だ。段々に流通の波が里に押し寄せ、そんなものも、里の隣の村で手に入るようになっていた。仕事のない祖母は、往復二時間を歩いて買い物に行くようになっていた。

モツ煮を喰いながら純子は思うた。こんなものを喰えるのも、叔父が町場の土木作業で稼いでくれるからだ。里の人も、当てのない百姓仕事を捨てて町場に働きに出れば、もっと暮らしが楽になるだろう。

六車の言葉を思い出した。人足として働いてくれるなら、住むとこは用意してくれると言うた。町場に出れば買い物にも不自由はしない。往復二時間も歩く必要はなくなる。

その代わり、あの排気ガス臭い空気を吸って生きなければならない。里で苦労をするのか、町場で耐えるのか、どっちが幸せなのか、純子には判断がつきかねた。

純子個人の思いとしては、里がなくなるのは是とできない。理想は、里に暮らし、町に働きに出ることだろう。しかしそのためには生活する水が要る。水道がそれを叶えてくれるはずだったのに。井戸の蓋の上で呆けている母を、忌々しく思わずにはいられなかった。オレの美貌で何とかなったのに。

そう言えば、と想いは転がった。高僧だか妖怪だか知らぬが、乞食坊主は「里いちばんの美貌の娘を」と言うたのだ。だとすれば、オレしか居ぬではないか。水道のことでは母に邪魔されたが、オレの美貌は、まだ里を救う力を持っているのだ。

夜半、祖母が寝静まるのを待って、純子は、土間の隅の井戸に歩み寄った。井戸筒に手をかけて身を乗り出した。底冷えする土間にあって、井戸には生暖かい空気が満ちていた。

ここに身を投げろというのか。

それで西瓜淵の水が再び湧き出すというのか。

純子は覚悟した。

相手が名指してオレを欲しているのなら、呉れてやるわと思うた。

「早まるな、よ」

気の抜けた声が、純子を引き留めた。声に振り返った。乞食坊主が土間の中央に佇んでいた。

「早合点が過ぎるわ」

やれやれ、といった感じで、乞食坊主が丸めた頭を撫でた。

「そやけど、オマエがオレを差し出せ、と言うたんやろ」

「別に、人身御供に呉れと言うたわけやない」

乞食坊主は飄々《ひょうひょう》としていた。

「なら、差し出せとはどういう意味な。オレでなくても人身御供やと思うやろ」

暗い土間に響き渡る声で言うたが、祖母らが起きてくる気配はない。もとよりそんなことを気に懸けている場合でもなかった。

「差し出せと言うたんは、オマエの命やなしに――」

乞食坊主が口淀んだ。躊躇していた。

「はっきり言えや。何をいまさら臆しとんや」

「オレが欲しいのは――」

やはり歯切れが悪い。

「はっきり言わな分からんけん。オレはつい最前、身を投げようとしたんやぞ」

純子の剣幕を、差し出した左右の手の平で受け止めた乞食坊主が言うた。蚊の鳴くような声だった。

「――糞や」

げた。

「ハァ?」

思わぬ返答に純子は眉間に皺を寄せた。乞食坊主が意を決したかのように声を張り上げた。

「オレは、オマエの糞が欲しいんじゃ」

自らの言葉に照れるようにモジモジした。

三十四

乞食坊主が自らの出自を語った。名は爾空《じくう》、都においては、それなりに名の知れた坊主だったらしい。時は室町時代、第五代将軍足利義量《あしかがよしかず》が権勢を誇っていた。

「オレの不運は、僧の身でありながら、ひとりの姫に懸想《けそう》したことから始まる」

風体に似合わない厳かな口調で爾空が言うた。「それは、それは、美貌の姫だった」

と、遠い目で往時を偲んだ。

「夜も日も明けず、オレは姫に恋い焦がれた」

姫に対する爾空の想いは、やがて爾空をとんでもない行動に走らせた。

「盗み見る顔貌だけでは、やがてオレは満足できなくなった。姫が隠す総てを、この目で確かめたいと熱望するようになった」

「で、襲ったというわけか」

純子が合いの手を入れた。女に逆上した男のやることは、大方そんなところだ。

「何を戯《たわ》けたことを」爾空が言下《げんか》に否定した。「そんなことができる時代ではないわ。いや、仮にできたとしても、オレが姫を襲うなど、もっての外じゃ。姫の美女陰《みほと》を目にしたい。オレはただそれだけを願った」

「ミホト？ 御仏のことか」

純子の的外れな問いに、爾空が不機嫌になった。「オソソのことじゃ」と、貌を横に背け、唇を尖らせて言うた。

「オソソ？ なるほど、女陰と書くホトか。美しい女陰だからミホトか」

祖母から受けた教育にも、その言葉はなかった。

「それにしても、見たこともないのに、ミホトとは、ずいぶんな入れ込みようだったんだな」

「そんなもん、見いでも、分かるわ」

純子の揶揄する口調に、ますます爾空が不機嫌に言うた。

爾空は何とかして、姫のミホトを垣間見ることはできないかと、朝から晩まで、寝ても覚めても思案した。

「カイバミル？」

「覗き見ることだ。いちいち話の腰を折るのう。オマエのバアチャンは、どんな教育をしたんだ」

「分かった、分かった。できるだけ邪魔せんようにするけん。そやけどオマエも、なるべくオレに分かる言葉で話してくれ。で、どうした。姫のミホトとやらを覗き見ることができたのか」

「容易なことで叶うものか。そこでオレは一計を案じた」

「ほうほう、案じたか」

「オマエも、その、人を小馬鹿にするような物言いは止めてくれんか。なんや、自分が卑小に思えるわ」

女のオソソを見たいと、寝ても覚めても願い思う男が、いまさら卑小もあったもんではないだろう、純子は思ったが、口に出すのは控えた。

「貴賤にかかわらず、女人がオソソを剝き出しにする場所」

「風呂か便所やな」

打てば響くように、純子が言うた。

「風呂に忍び込むのは難しい」

重々しく爾空が応えた。

「で、オレは、便槽に身を沈めた」

「糞の中に浸かったのか」

純子が驚きの声を上げた。意に介さない風に爾空が話を続けた。

「糞溜りから貌だけ出して、姫の渡御《とぎょ》を待った。お渡りじゃ。要は便所に来ることじゃ」

「それくらい、話の流れで分かるけん」

大人びた純子の言い様に、爾空がコホンと小さく咳をした。

「便壺には服を着たまま浸かったのか？」

純子が質問した。

「それ、この段階で知っておかなければならんことか」

爾空が質問に質問で返した。

「その時の光景を想像しながら聞いとるけん」

純子の、興味を隠せない真摯な眼差しに爾空が応えた。

「後々のことも考えて、褌一丁になって入ったわ。法衣を洗うのが難儀じゃろうなと思うてな」

「褌一丁で便壺に浸かったのか。捕まったら、変態扱いやな」

「法衣を着とろうが、何だろうが、捕まったら大騒ぎになるだろう」

「そらそうだ」

「その時のオレには、捕まったらと考えるような余裕はなかったんじゃ」

なるほど、恋は盲目だなと純子は思うた。

「やがて姫が厠に姿を現した。そこでオレは気付いた。厠が暗い。明かりは便器から零れてくるだけだ。姫が跨ると、僅かな光も遮られて、オソソが見えなくなってしまう」

「間抜けだな」

「ほっとけい。それでもオレは目を凝らした。定かには見えんが、微かに射し込む朝陽の助けで、オレは、姫の、この世のものとは思えんほどの、オソソを、観た」

自分を励ますように、爾空は「観た」に力を込めた。

「しかし、オソソよりなおさらに、オレの目を釘付けにしたのが、姫の菊門じゃ」

「肛門か」

話の展開が見えて、純子は少々呆れ始めていた。しかし爾空の口調は、ますます熱を帯びてきた。

「他人が、もしかしたら、生涯観ることが叶わぬかもしれぬ、姫の菊門がオレの目の前にあったんだぞ。オレの目に曝されていたんだぞ」

ゴクリ

土間に響き渡るほどの下品な音を立てて、爾空の喉仏が上下した。

「あれを菊の花に喩えるのは、まぁ分からんでもないが、姫のそれは違うた。固く締まっていた」

それを形容するかのように、爾空が、閉じた唇を丸めて窄めた。

「見惚れていると、微かな、それでいて高い音色が、便壺を震わしたんじゃ」

ピィィィイイ

爾空が喉の奥を絞った音を発した。

「屁を放ったんだな」

早く結末に至れよという想いで純子は言うた。

「オレは来るべきものを待ち望んだ」

「大口を開けてか」

「おうよ。顎が外れんばかりに、口を開けたわいな。そのオレの面に、金色の慈雨が降り注いだ。凄い勢いじゃった」

ビッ、シャァァァァァァァァァ
ビでいったん閉じた唇を破裂させ、シャァァァァと言いながら、爾空がゆっくりと口を開いた。貌が至福にはち切れそうだった。間抜け顔だった。

次第に口を広く開け、これ以上開けられないというほど開いて、それでもなおも開いて、歯を剝き出しにして、目を固く閉じた。そのまま、首をくねらせ、貌を円く揺らした。迸り、爾空の貌で飛沫を上げる黄金水が目に見えるようだった。それを余すことなく、万遍なく浴びたいという、その時の爾空の衝動が手に取るように分かった。

「それから、どうした」

話の先を促した。法悦に呆けた面の爾空が大きく息を吐いた。興奮で荒い息だった。肩を上下させていた。興奮が収まるのを待って「水をくれんか」と爾空が言うた。井戸に釣瓶を落として汲み上げた水を、純子は釣瓶桶ごと爾空に飲ませてやった。

「菊門というより、姫のそれは、もっと締まっていて、そう喩えるならば――」

言葉を探して爾空の目が宙を泳いだ。なかなか良い言葉が浮かばないようだった。もう、それは良いからと、純子が言いかけた時、暫く思いついたのか、爾空が言うた。

「それは、牛蒡《ごんぼ》の切り口のようだった」

ゴンボノキリクチ？

人を散々焦らした割には、ずいぶんと月並みな表現だなと、純子は落胆した。もっと、耳にしたこともないような比喩を知りたかった。それを知って、後で自分の肛門を鏡に映して、比較してみたかった。不満に頰を膨らませた。

「その牛蒡の切り口がゆっくりと開いた」

やっとかよ。

「どんどん開いた」

一本糞だな。純子は自分の経験と照らし合わせて予測した。下腹部の、さらにもう少し下腹を、圧迫する解放感を思い出した。同じ排便でも、下痢便とは全く違う、じわじわとくる解放感だ。下痢便には下痢便の解放感があるが、一本糞のそれは、魂が抜けていくような解放感がある。

「やがて、開き切った肛門から、糞が、貌を覗かせた」

肛門に糞かよ。ずいぶん捻りのない表現だな。もう修飾もできないのか。

「オレは見たんだ。尻が膨れ上がった。尻そのものが膨張した。その膨張が、ゆっくりと収縮しながら、糞を押し出した。長い糞だった。切れないんだ。だらりと垂れさがって、天空から、オレの、いっぱいに開いた口に、伝い降りてきた」

糞の体温を口唇に感じた爾空は、舌をいっぱいに突き出した。味わうためではない。舌が邪魔だった。糞以外、口の中にあるものすべてが許せなかった。

糞の先端が喉の奥に触れた。喉を開いた。口だけで足りないなら、体全体で呑み込もうとした。不意に、重厚な重みを口唇に覚えた。糞が肛門から離れたのだ。爾空の口中に半ばまで入った一本糞が自らの重さに耐えきれず、折れて頬に垂れた。慌てて爾空は鋭く顎を振り、口中に糞を送り込もうとした。しかし、とても収まるものではなかった。舌で潰した。ねっとりとした糞を、舌で潰しながら、口中に引き寄せた。

「無我夢中とは、まさにあのことよ。オレは必死で、欠片たりとも落とさぬよう、舌で糞を掻き集めた。潰しながら、飲み下した」

姫のミホトを拝むどころではない。

望外の悦びに恵まれた爾空は、その後どうしたのか。

「居座ったのよ」

純子の疑問に、爾空は当然だろうという貌で言うた。

「何で、出ていかなぁいかんのじゃ。毎朝時間になると、姫が厠を使う。黄金の慈雨が降り注ぐ。そのうえ——糞じゃ。ええい。糞以外に言葉が思いつかんわ。姫の肛門から垂れ下がる糞を、どう表せというのだ」

爾空が便壺に居座った期間は、二日や三日という日数ではない。一週間、二週間とそれは延び、一年、二年の年月が過ぎた。

「二年って、オマエ、飯はどうしていたんだ」

爾空がニンマリと笑うた。

「どうして飯の心配などせないかんのじゃ」

純子を試すように言うた。

「糞を喰って生きていたのか」

それしかないのは分かっているが、それでも純子には信じられなかった。

「便所を使うのは、姫だけではないだろう。屋敷の者も使うだろう。そいつらの糞も、オマエは喰っていたのか」

「姫の糞を喰ってしまったオレが、そんなものを喰えるわけがないだろう。それに迂闊に貌を出したら、オレの存在がばれてしまうかもしれん。姫が厠に来るとき以外は、溜まった糞に身を沈めて隠れておったわ。肥汲みもあるからのう」

肥汲みの時には、肥汲み柄杓に当たらないよう、糞に身を隠し、便槽の壁に張り付いていたと言う。それなりの苦労もあったと言いたいのかもしれないが、その心境は、まるで理解できないものだった。

「だが、その至福も、いつまでもは続かなかった」

爾空が沈痛に言うた。姫の輿入れが決まったのだ。相手は武家の大将だった。

「なぜ、それで終わりになるんだ。嫁いだ先の便壺に潜ればよかったではないか」

当然の疑問を純子は相手にぶつけた。

「もちろん、そうするつもりだった。だが、姫が別の男に抱かれるとなって、オレは度を越してしまったのよ」

「夜陰に紛れて襲ったのか」

「オマエ、そっちにしか発想がいかないのか」

襲ったのではない。爾空の姫に対する思慕は、そんな男女の尺度など疾《と》うに消えていた。

「オレが、ずっと我慢してきたこと。それだけはすまいと、自分を抑えていたこと。それを……オレは……やってしまった」

そう言うて、爾空が拳を握り締め肩を震わせた。

ギリギリギリ　ギリギリギリ
歯嚙みの音だった。

「いったいオマエは姫に何をしたんだ」

純子が問い詰めた。

「オレは……こともあろうに……オレは……」

その日も、いつものように、朝一番の排便に姫が訪れた。翌日に婚礼の儀を控えた朝だった。天空から垂れる一本糞を待ち受けながら、暫くは見納めだなと、万感の思いが爾空の胸に迫った。

「脱糞後、姫の肛門に汚れはなかった。いつものように、きれいに糞離れした肛門だった。しかし、その内なる襞《ひだ》に、糞の欠片が、残滓が留められているのではないかと、オレは思うた。姫の身体に残っている糞だ。そう思うと、矢も楯も堪らなくなり、オレは無意識のうちに、舌を伸ばしていた。そしてその舌を、姫の肛門に挿しいれ、肛門の、糞の残滓を舐めとっていた」

もちろん姫は驚いた。

キャアアア、、

屋敷を揺るがすような悲鳴を上げた。

「そのまま姫は……」

爾空が涙に声を詰まらせた。

「……頓死した」

よほど辛い思い出なのだろう。肩を震わせて蹲ったまま爾空が動かなくなった。

三十五

姫の頓死は都中の話題になった。頓死の前に、人のものとも思えぬ姫の悲鳴を、多くの者が耳にしていた。やがて噂が立った。姫は厠に住む魔物に殺されたのだと。口性無《くちさがな》い噂話だった。あまりにそれが流布され過ぎて、姫の家の者も放置できなくなった。そして詮議の役を担ったのが、当時都でもっとも人々の尊敬を集めていた僧侶、一休宗純《いっきゅうそうじゅん》だった。

一休は、問題の廁に足を踏み入れるなり、その便槽から漂う妖気を捉えた。糞尿の臭いをものともせずに覗き込み、「誰かいるのか」と、間延びした声で呼び掛けた。

「オレは、一休という」と名乗った。

自分に語り掛けているのが、かの高僧の一休宗純と知り、爾空は「お助けくだされ」と、小声で素直に助けを求めた。

「助けぬことはないが、仔細を聞かせてもらえるかな」

「お話ししますので、人払いをお願いします。あまりにも恥ずかしい、我が身の事情をお察しください」

一休以外の者の気配が消えて、爾空はずいぶんぶりに便壺から這い出た。

「これは――」

変わり果てた爾空の姿に、さすがの一休宗純も息を呑んだ。褌一つで、便壺に潜り込んだはずの爾空であったが、その姿は、いつの間にか寸白になっていた。

「スバク?」

「オマエの知っている言葉で言えば、サナダムシよ。オレは、自分でも知らぬ間に、十間を超える寸白になっていたのよ」

「十間とは、かなり大きいのか」

「今で言えばメートルか。そうさな、凡そ二十メートルのサナダムシよ」

「怪物じゃないか」

思わず言うてしまって、純子は、慌てて自分の口を両手で塞いだ。爾空が寂しそうに笑うた。「憐に、怪物よのう」と、それは自嘲だった。

寸白の爾空は、厠の中で、対面して胡坐を組んだ一休宗純に、それまでの経緯を包み隠さず話した。話を聞き終えて一休は言うた。

「さきほど、助けて欲しいと言うたが、どうして欲しいのだ」

「死なせて欲しい」

姫が居ない世で、醜い姿のまま生き永らえるのは、耐え難かった。

「それは虫がいい話だのう」

一休に軽く往《い》なされた。

「自分の想い人を殺しておいて、死にたいとは、身勝手が過ぎはしないか」

「では、どうしろと……」

「どうやらオマエには、法力が備わっているようだな」

「まさか、私のような破戒坊主に、法力など。滅相もございません」

恐縮する爾空に一休宗純は言うた。何も過酷な修行をした者だけに、法力は宿るものではない。突き抜けたものに宿るのだ、と。その意味で、超絶ともいえる多幸感を味おうたオマエに、法力が備わったとしても、何の不思議もない。

「もっとも、糞に身を沈め、二年もの間、糞を喰って生きるなど、過酷な修行とも言えなくはないがな」

そう言って笑うた。

その法力を活かして人の役に立て、というのが一休の提案だった。役に立つのは吝《やぶさ》かではないが、具体的にどうすれば良いのか、爾空には想像もできなかった。

「法力を用いた人助けといえば、弘法大師の右に出る者はいないだろう。どうじゃ、お大師の真似ごとをしてみないか」

弘法大師の生誕地である讃岐の国に渡れと言われた。今でも讃岐は、水飢饉にたびたび苦しめられる土地だと聞く。その讃岐において、水不足に苦しむ里のものを助けてやれと一休は言うのだ。一休は、爾空のために僧衣を用意してくれた。その僧衣に身を包むと、忽ち爾空の姿は、寸白から元の僧の姿に変身した。

「ほれ、法力があるではないか」

手を叩いて一休は無邪気に喜んだ。そして独鈷を授けてくれた。

「これで大地を穿《うが》て。必ず水が湧き出よう」と予言した。

半信半疑で讃岐に渡った爾空だったが、一休の言う通り、独鈷を使い、多くの湧水を掘り当てた。

「百の功徳を積めば、往生できると言われていた。百番目がこの里だった」

「なるほど」純子は感心した。「それが西瓜淵か。たんに、西瓜を喰わせてもらった、恩返しというのではなかったのだな」

「西瓜など恵んで貰うてない。そもそも、あの淵には、西瓜を冷やすほどの水などなかった。オレが独鈷を突き立てる前は、石ころしかない窪地だった」

「なぜだ。西瓜淵という名の由来と合わないじゃないか」

爾空が苦笑した。

「その当時、交易が行われていた朝鮮では、西瓜のことをスバクと言うた。有難い里の守り水を授けたものが寸白では、さすがに具合が悪かったのだろう。スバク変じて、西瓜ということになったのではないか」

「なるほど、そういうことか」

得心して純子が笑うた。
ギ　ギ　ギ　ギ
爾空も同じように笑うた。
ジ　ジ　ジ
「オマエ――」

純子が絶句した。

「オレとしたことが」

爾空がバツ悪そうに下を向いた。

「ニイチャンが拾うてきたと言うた地蔵だったのか、おかしいとは思うていたんだ。地蔵が道に落ちているわけがないものな。そうか、糞坊主の正体は地蔵だったのか」

爾空が独鈷を突き立てると、窪地の底から、とんでもない勢いで水が湧いた。その水に飲まれるのも構わず、爾空はその場を動かなかった。やがて水に沈んでいく爾空は、穏やかな頬笑みさえ浮かべていた。

「これで成仏できると思ったからな」

「できなかったのか」

「一休和尚に騙されたのか、オレの気持ちが往生を拒んだのか、気が付けば、オレは元の姿、巨大なサナダムシに戻っていた。まあ、オレにはその姿のほうが、お似合いだがな。水底で、姫の菩提を弔おうと思うていたのよ」

淵の脇には、乞食坊主を偲んで地蔵が安置された。里の者は乞食坊主の功徳を忘れず、折に触れて地蔵参りを続けた。しかし時代を経るにつれ、やがてその風習も風化した。それでも爾空は、姫の菩提を弔いながら、心静かに水底で暮らしていた。

ところがそれから何年も経って、姫と見紛うほどの美貌の持ち主が、西瓜淵に現れるようになった。

「それが、純子、オマエのカアチャンだ。カアチャンは、下肥汲みが終わった桶を、淵で洗う仕事を言い付けられていた。最初は、ジイチャンも一緒だったな。オマエの歳になるころには、ニイチャンが運んできた肥桶を、カアチャンと二人で洗いよった」

母が井戸に身を投げて、爾空は再びの失望を味わった。しかし、叔父に背負われて淵を訪れた娘の純子に、爾空は我が目を疑った。母よりもさらに、姫を偲ばせる顔貌をした純子だった。

「同じくらいかよ。オレのほうが綺麗じゃないのか」

不服そうに純子が鼻を鳴らした。爾空が苦笑した。

「あまりに昔過ぎて、目鼻立ちの記憶も定かではないわ。類稀な美貌という意味で、オマエと姫は同じなのよ」

うまく誤魔化されたようで、納得できない気もしたが、純子はそれ以上の追及を控えた。いずれにしても、その姫とやらは、この男を便壺に、二年余りも閉じ込めた女なのだ。そう思えば、同じくらいの美貌で我慢しなくてはいけない気にもなった。

「オマエの傍に居りとうて、ニイチャンを唆して、地蔵を家に持ち帰らせた。姉の供養にと、少し吹き込んでやっただけよ。あれは根の優しい男じゃ」

ぽつりと地蔵が言うたとき、巣から餌場に向かう、明烏《あけがらす》の鳴き交わす声が遠くに聞こえた。

「もうこんな時間か。そろそろ本題に入らんとのう」

爾空が純子を窺い見るように言うた。

「本題？　今までの長話が前振りだったとでも言うのか」

「おい、おい。どうしてこんな話になったのか、忘れてしまったのか」

純子は少し考えた。そして思い当たったった。爾空は、この乞食坊主は、言うたのだ。

「オレは、オマエの糞が欲しいんじゃ」と。

三十六

目覚めて蒲団から出ると、すでに祖母は起きていた。昨日の残り物の、鶏のモツ煮を温めている匂いがした。顔を洗って食卓についた純子は、鶏のモツ煮で冷や飯を掻き込んだ。濃くなった汁を冷や飯にぶっかけた。

飯を喰いながら、純子は、昨日のことが現《うつつ》だったのかと疑ってみた。途中から、地蔵の正体が爾空という坊さんだったと知れたあたりから、どうも記憶が曖昧だった。

「朝から食欲旺盛じゃのう」

祖母が嬉しそうに言うた。

「好物やけん」

不愛想に応えた。寝不足で、実はそれほど食欲はなかったのだが、不安が純子に箸を使わせていた。もし昨日のことが現であったのなら、自分は爾空に糞を喰わす約束をした。当然、爾空が望んでいるのは、見事な一本糞だろう。そのためには喰っておかなければならない。

一本糞には自信があった。特に朝一番の排便は、肛門を汚さない、糞離れの良い一本糞をひるのが常のことだった。自信はあったが、万が一という不安もあった。今まで生きてきて、不安というものを知らない純子だった。生き人形として貢物にされる時でさえ、純子は不安を覚えたりはしなかった。なるようになると、簡単に居直ることができた。過剰に心配する六車を、滑稽にさえ思った。その純子が、不安に煽られて、無心で飯を掻き込んだ。

喰い終わった椀を流しにつけて、土間用の突っ掛けからズック靴に履き替えた。冬に草鞋では寒かろうと、叔父に買って貰ったばかりのズック靴だった。そしてランドセルを背負うた。

「まだ学校には早いやろ」

祖母に呼び止められた。

「ちょっと寄りたいとこがあるけん」

それだけ言うて家を出た。家を出てすぐに、道を離れて山に分け入った。急峻な傾斜地を登攀《とうはん》して西瓜淵に至った。淵に水はなかった。その大きな窪みの中ほどに、黒い塊があった。目を凝らすまでもなく、それは乞食坊主だった。地面に座禅を組んで、窪みの底から純子を見上げていた。貌が微かに笑っていた。

「やっぱり夢やなかったんか」

小さく息を吐いて、純子は呆れ顔に笑みを浮かべた。

「よう来たの」

爾空が満面の笑みで純子を迎えた。

「オマエがオレを差し出せと、下の三軒家のカアチャンらに言うたんやろ」

挑む口調で純子は言うた。

「そやけど、回りくどいことするやないか。最初はカアチャンらに里を捨てろと言うて、次にはオレを差し出せか。そんなことをせんでも、昨夜みたいに、最初からオレを呼びに現れたら良かったやないか」

爾空が丸めた頭をつるりと撫でた。

「いや最初はな、ジイチャンの身体が癒えたら、オマエをニイチャンのところに、行かせたほうが、オマエのためやと思うとったんや」

「誰が、あんな排気ガス臭いところに行きたいか」

ふんと純子は鼻を鳴らした。

「そやけどオマエが、県会議員だか何だか知らんが、生き人形になってまで、里を守ろうとしたんで、考えが変わった」

「カアチャンの幽霊で、県会議員を脅したんは、オマエの仕業か」

「あれは違う。純子のカアチャンが自分の考えでやったことや。カアチャンがやらなんだら、オレがスバクに身を変えて、アイツをギュウギュウに締め付けてやったがな」

「おかげで水道の話がご破算になったわ。オマエが今まで通り、里に、水を齎《もたら》してくれるのであれば、水道も要らんかったけど、何でもオマエ、法力が切れたと、下の三軒家のカアチャンらに言うたらしいな」

「それは嘘ではない。もう何百年も水を湧かしているんだ。法力にも限度があるわ。昨日の晩も教えてやったやろ。オレの法力は、常人が知る由もない、極楽を味わって得たものなんじゃ。そやから——」

「オレの糞を喰わせろと言うのだな」

「あぁ、そう言うことだ。あと千年は持つ極楽をオレにくれ」

「それは本当なんやろうな」

「何を疑っているんだ」

「ひとつ」

純子が肩の高さに挙げた、右手の親指を折った。

「昨夜の話が、全部オマエの作り話だという可能性」

忽ち爾空の姿が、二十メートルはあろうかというサナダムシの姿に変わった。

「ふたつ」

意に留めず、純子は人差し指を折った。

「淵の水は、オマエの法力などではなく、自然と湧いていたものだという可能性」

爾空が乞食坊主の姿に戻った。「これを見てみろ」と言うて、淵底の砂地に手を深く挿し入れて、砂を掬って見せた。サラサラと、まるで湿り気のない砂が、爾空の手から流れ落ちた。

「オレが初めてここに来たときと同じだ。この淵は何百年も前に、涸れとるよ。オマエらが見とったのは、幻の水よ。しかし、たとえ幻でも、喉の渇きを癒し、煮炊きや風呂の用に立つがな」

「みっつ」

中指を折った。

「オマエの法力が涸れてしまっているという可能性もある。オレの糞を喰わせたところで、オマエに法力が戻るかどうか、分からないではないか」

「小便のことがあるじゃろう」

「何のことだ？」

「忘れたか。地蔵の苔のことよ」

「あっ！」

思い出した。夜更けに純子を訪れた老人に唆されて、毎朝純子は地蔵に小便を掛けたのだ。

「あれで僅かな法力を得て、オマエのカアチャンを現世に戻してやった。さすがに生き返らせることは無理だったがな」

そう言えば小便を掛けるようになってから、深夜に純子を訪れる老人の舌も滑らかになった。あれはそういうことか。

純子が肩から下ろしたランドセルを足元に置いた。

「待っていろ。走って帰って取ってくるけん」

踵を返そうとした純子を爾空が呼び止めた。

「何を取ってくる気だ」

「器が要るやろう。まさか、地べたに放った糞を、有難い御坊様に喰わすわけにもいかんけんな」

「何と的外れな」

爾空が首を横に振って窪地の底に大の字に仰臥した。口をいっぱいに開けて、顎を仰け反らせて、舌を突き出した。横目で純子を見て「いざ」と言うた。

跨いで口に直接放てということか。姫との関係を思い起こせば不自然ではない。納得した。

純子は躊躇いもせず窪地を下りた。玉砂利を踏み締めて、大の字になった爾空のもとに歩み寄った。制服のスカートをたくし上げて、白い綿のパンツを足首まで下ろした。しかしそれではパンツが邪魔で跨ぎにくい。完全に脱ぎ去った。

爾空の貌に跨ってしゃがみ込んだ。

ンンンンンンンン
爾空が、純子の下で首を振った。抗議しているようだった。

「どうした。これでは支障があるのか」

自分の股の間から爾空を見下ろして訊ねた。糞を口に流し込めば、文句はないだろう。

爾空が右手の平を純子の視線の届く場所に浮かせて、しきりに捻る動作をした。

「向きが逆だということか」

ンンンンンンンン
爾空が激しく肯いた。

「なるほど、この姿勢では、オレのオソソが見えにくいか」

得心して、いったん立ち上がり、爾空の貌を跨ぎ直した。

「これで、いいか」

ンンンンンンンンン
再び肯いた爾空は、肯きながら泣き出しそうな声だった。目玉が飛び出るほどに、目を見開き、それはまるで、純子の肛門とオソソを、目に焼き付けようとするかのようだった。現実に、純子の股倉の中心部は、爾空のあまりの目力に、ほんのりと熱くなってきた。

「いくぞ」

爾空にではなく、自分自身に呼び掛けた。

目を閉じて、鼻から朝の空気をゆっくりと吸い込んだ。

肺に溜めずに静かに吐き出した。股の間を冷たい風が抜けた。凝視される部分は熱をもったままだった。寧ろさらに熱を帯び始めた。

肛門の周囲が充実し始めた。先に尿意が来た。呼吸を整えて、身体を脱力させた。尿意の赴くままに一気に放出した。

バシャバシャバシャバシャ
放出した尿が爾空の顔面で爆ぜた。
ヒイン――
鼻声で爾空が切なげに泣いた。
ンゴンゴンゴ ンゴ
鼻を鳴らす音と、喉仏が上下する音が純子の耳に届いた。
尻の肉が大きく膨らんだ。
メリ
糞に押された肛門が開いた。息を止めて気張った。
メリ プ ス
ん?
違和感を覚えた。糞が肛門の出口で悶えている。糞自体に肛門を押し広げる力がない。
こ、これは――
額に冷や汗が滲んだ。
――一本糞ではない
顔面から血の気が引いた。
朝一番の便は、快便が当たり前の純子だった。もりもりとした一本糞が当たり前だった。今朝もそうだろうと油断した。鶏モツを喰いすぎた。昨日の晩だけではない。考えてみれば、叔父が家に帰ってからというもの、野菜が足りていなかった。以前は野菜がほとんどで、偶《たま》にウシガエルが混じる程度だった。それが今はどうだ。野菜より鶏モツを多く食べる食生活に変わっている。そのうえ今朝は寝不足だった。経験したことのない不安も抱えている。腹の具合がおかしくて当然だ。
頭の中で、あれこれと原因を炸裂させた。
中止だ 体調を整えて やり直しだ
しかし遅かった。遅いも何も、糞はその先端を肛門の外に覗かせている。
グルグルグル
腸が泡立った。純子の意に反して、下腹が膨張した。じわじわとした張りではない。
乱暴な膨らみだ。
ブフォ
肛門を栓していた糞が放たれた。小石ほどの糞だった。そして次の瞬間――
ドドドドドドドドドドドドドド
大量の便が堰を切って流れ出た。下痢便だ。
アォ アォ アォ アォ
爾空が喉を詰まらせた。手足をばたばたさせて踠《もが》いた。
ドドドドドドドドドドドドドド
アォ アォ アォ アォ

いつ果てるともない奔流だった。すべてを諦めて、純子は奔流に身を任せた。爾空の貌に跨ったままの恰好で、頸を後ろに折って、口を半開きにして、早暁の空を見つめていた。足元に目をやる気にはなれなかった。爾空の顔面に、下痢便をぶちまけてしまった。申し訳ないやら恥ずかしいやら、何と詫びればよいのだろう。

沈黙があった。どこかでカケスが嗄《しわが》れた声で啼いた。

この不始末をどうすればよいのか、純子は混乱していた。もう水は貰えないのだろうか。里は終わってしまうのだろうか。悔しさより、情けなさが純子の胸を押し潰した。水道をしくじった。そして湧水を得ることにも、しくじった。

空を見上げた純子の目に涙が浮かんだ。つつと筋を引いて、純子の頬を流れ落ちた。

悔し涙だった。生まれて初めて流す涙だった。

ザラリ

不意に、純子の肛門を舐めあげるものがあった。爾空の舌だと理解した。爾空は入念に純子の肛門を舐めあげた。相手のやりたいようにやらせてやった。爾空が下痢便に汚れた肛門を清めてくれている。

清められた肛門に、侵入してくるものがあった。細く、硬くした、爾空の舌だった。肛門の奥深くまで挿し込まれた舌が、くねくねと律動した。

アァン　アァン　アァン

爾空の舌の動きに、純子の身体の芯が反応した。知識では知っていたが、初めて身をもって知る女の快感が純子を貫いた。純子の反応を悦ぶように、爾空の舌が、よりいっそう巧みに、純子の肛門の奥で律動した。

アフゥ

甘い息の塊が口から洩れた。鼻がその匂いを捉えた。何とも言えず芳しい、うっとりとする香りだった。香りはそれだけではなかった。首筋から、左右の脇の下から、太腿の付け根から、純子の全身からその香りが匂い立った。

これがバアチャンが、いつぞや言うていたフェーロモンか。

「あかん、ちょっと、あかんけん」

純子が細い声で泣いた。爾空の舌の動きに刺激され、再び下腹が泡立った。

アォ　アォ　アォ　アォ

ドドドドドドドドドドドドドドド

留める間もなく二度目の下痢便が噴出した。

不思議なことに、それは純子の知る便の臭いではなかった。純子の身体が発するのと同じ、芳しい香りだった。純子自身がフェーロモンの塊になった。

三十七

ズック靴を履いた足が冷たいものを感じた。

朦朧とした目を落とした。

窪地の底に水が広がり始めていた。

水はすでに純子の踝《くるぶし》に達していた。

慌てて純子は立ち上がった。腰が重いような軽いような、定まらずによろけた。

何とか立ち上がって、改めて足元に目をやった。そこに爾空の姿はなかった。純白の紐が水の動きに身を任せて漂っていた。節のある紐だった。

寸白か。

水はますます勢いを増して湧き、純子は窪地を這い上がった。窪地の上まで這い上がって、振り向いた。

脱ぎ捨てた白い綿のパンツが水に浮かんでいた。そのパンツに寸白が纏わりついていた。紐は、パンツを水中に引きずり込もうとしていた。その動きを止めて、紐の先端のやや膨らんだ部分が水の中から純子を見上げた。

短く、純子は息を吐いた。そして柔らかく笑うた。

「オレのことを、忘れないでくれよ」

そう語り掛けた。わけの分からない切なさを覚えた。

寸白が微笑んだように感じられた。

ユラ　ユラ　ユラ　ユラ
綿のパンツは寸白と絡まって湧水に呑まれていった。

あとがき

今年で作家生活五年目を迎えました。

『六十二歳住所不定無職』という惹句で作家デビューし、これまでに刊行させて頂いた単著は十五冊を数えます。

どの作品にも思い入れはございますが、あえて一冊を選ぶとすれば『純子』です。

私は昭和三十一年二月五日に生まれました。

「もはや戦後ではない」と経済白書に記された年に生まれたのです。

その後日本は高度成長期を迎え、それに続くバブル経済期、そして失われた二十年とも三十年とも呼ばれる不況は今も続いています。平成、令和を経験し、現在では齢六十六歳を数えるまでになりました。

『純子』が単行本として刊行されたのは令和元年七月でしたが、執筆にあたって私が企図したのは昭和ノスタルジーを書きたいということでした。高度成長期にあって失われていった人の繋がりを題材としたいと考えたのです。

私はミヒャエル・エンデの『モモ』を生涯の書とする者です。そのことはことあるごとに公言しております。物語の主人公であるモモは、大きな町の廃墟となった円形劇場に住み着いた少女です。浮浪児であったモモを町の人たちは温かく迎え入れます。

モモや町の人たちの平穏な暮らしは、ある日町に現れた灰色の男たちに壊されてしまいます。男たちは『時間貯蓄銀行』を町の人たちに提案し、時間を節約することで豊かになれると勧誘します。しかし男たちの正体は時間どろぼうだったのです。

時間どろぼうによって時間を奪われた町の人たちはゆとりを失い、優しさを忘れてしまいます。以前のようにモモと接することもなくなります。町の人たちがぎすぎすしていく様に危惧を抱いたモモは単身時間どろぼうに立ち向かい、遂には『時間貯蓄銀行』に冷凍保存されていた町の人たちの時間を取り戻すという物語です。


高度成長期に失われた人との繋がりを題材としたいと考えた私が、ミヒャエル・エンデの『モモ』を想起しないはずがありません。

最初にモモに準えた純子という主人公が浮かびました。

モモのように浮浪児と設定するのではなく、あの時代においてある意味最下層とも言える下肥汲みの家に生まれた少女と致しました。

舞台として選んだのは私が敬愛し、早世した母の実家があった小豆島の肥土山《ひとやま》です。

作中では讃岐山脈の山深い農村となっておりますが、これもまた、私の生まれ故郷である讃岐の山里を舞台にしました。

小豆島といえば潮の香りをイメージされるかも知れませんが、肥土山は海から離れた山里の寒村でした。植物病理学者であった亡父が国内留学した一年間、私と妹は母に連れられ肥土山の母の実家で一年暮らした経験がありました。私が小学一年生の時でした。作中、登場人物が語る訛りのある言葉は、私が小豆島で暮らした折に聞き覚えていた言葉です。

母の実家は山里の外れにありました。近くに川が流れ、そこで洗濯をするような貧農の家でした。成人してから訪れた母の実家は半壊しており、洗濯をしていた川も流れが途絶え、沢蟹を捕って遊んだ淵は緑藻に覆われていました。私が学んだ小学校も廃校になっており、村に唯一あったよろず屋さんも更地になっていました。幼いころ踏み付けただけでこっぴどく叱られた田んぼの畔も崩落し、生えているのは一面の雑草でした。

寒村は高度成長期の波に呑み込まれてしまっていたのです。

その景色が甦り、どの寒村でもあったであろう情景を、そうはさせなかった少女の物語として私は描いたのです。

私の作品にはすべて実在の人物がモデルとして扱われております。もちろんご本人にご了解を得たうえでの事ですが、実名を使わせて頂く事も珍しくはありません。しかし本作だけは、実在の人物に頼らず書きました。

いいえ、書いたつもりでした。

しかし文庫化にあたり、ゲラをチェックしているうちに、ハタと気付いたのです。ここで書かれた純子の母親は、私の母をモデルにしたものだったのです。

小豆島の貧農の家に生まれ、その学力や勤勉さを惜しんだ中学の担任だった女性教師が祖父母を説き伏せ、自分の実家に寄宿させるからと、母を高松の女学校に入学させたというくだりは、本作のまま実話でした。

卒業後、当該女学校に英文タイプの指導員として職を得て、その女学校に生物の講師として通っていた父の格好が、あまりに見すぼらしかったので、継ぎ当てなどの世話をしつつ、互いに距離を縮め、結婚にまで至った父母だったというのも実話です。

小豆島の中学の女性教師の、祖父母に対する熱心な説得がなければ、私はこの世に生を受けてなかったのです。

残念な事に母は、私が二十四歳の折に四十八歳という早過ぎる年齢で早世しました。誰からも愛された人でした。

本作とは関係のない事ですが、私の父母に関するエピソードを記すことをお許しください。

私には世の中で天才と認める人物がひとりおります。父です。

植物病理学者であった父は、植物の抵抗力（免疫）を世界で最初に立証した人間でした。だから天才というのではありません。私が父を天才と認める所以はその尋常ならざる集中力です。

父は自分が立証した論理を論文に書くのに一ヶ月の期間を要しました。査読され評価を得るために英文で作成したのです。

そしてその作成に当たり、父は自宅の一室に引きこもりました。掘り炬燵で英文タイプライターに向かい、一心不乱にキーを打っていました。

食事はもとより、就眠も炬燵に座ったたままでした。

それだけなら未《ま》だしも、排尿・排便さえ炬燵に座ったまま垂れ流していたのです。

私と妹はその部屋への立ち入りを厳禁されていました。飲食はもとより、シモの世話をしたのは母でした。母の話によれば、シモの世話をされている間も、父はタイプライターのキーを打っていたとのことでした。

論文を完成させ、それを大学に提出するために出向いた際、大学の正門で、父は腰骨を複雑骨折し、異変を知って駆け付けた学生に論文を委ね、そのまま救急搬送されたのです。父の論文は高く評価され、その後私たち家族は米国の大学に招聘されました。私が小学校三年生の時でした。

年月が過ぎ、父の還暦の祝いの席に集まった卒業生らは、父の偉業を褒め称え、いずれはノーベル賞もと燥《はしや》いでおりました。その喧噪の中で、私が想いを馳せたのは、父の世話をした今は亡き母の事でした。あの母があったからこそ、父は偉業を成し遂げられたのだと、既に鬼籍の人となっていた母の話を皆にしてやりたかったです。

本作は平成三十一年四月に新潮社さんより刊行された『ボダ子』(令和四年一月に文庫化)の後に執筆しました。

予定としては徳間書店さんの『犬』の執筆が予定されており、それはハードバイオレンスのロードノベルだったのですが、心療内科に通うほどの精神的な重圧を覚えながら書いた『ボダ子』に続いて『犬』を執筆する気力がありませんでした。

ある文壇の会合で、徳間書店さんと双葉社さんのご担当さんを交え、三人で協議し――実質的は平身低頭お願いして――私は『純子』を書かせて頂いたのです。

私が考えたとおり『純子』はのびのびと愉しんで書けました。それが読者の皆様に伝わることを願います。

本作が生涯の書と言って憚らないミヒャエル・エンデの『モモ』にオマージュされて執筆した作品であるということ以外に、実はこれは、どこにも公表していないことですが、もうひとつ、私がこの作品をあえての一冊に選ぶ理由がございます。

前述致しましたように『ボダ子』は心療内科に通うほど疲弊して書いた作品です。

境界性人格障害を患った娘（実在）と、経営していた会社を破綻させ、東日本大震災後の東北に復興バブルを当て込んで乗り込み、結局失敗してしまった父親（私）を題材にした物語でした。

私は私が棄てた娘も純子のように逞しく生きていて欲しいと願って執筆したのです。

この事をお伝えできるのも、昨年の夏、ある週刊誌のインタビュー記事を偶々目にした娘の母から編集部を通して連絡があったからです。

その後、毎日ラインで遣り取りし、就眠前には「また、明日」と交わし合っております。娘も良き伴侶を得てノビノビと暮らしております。それがあったので、私がこの作品に込めた娘への（身勝手な）思いをお伝えしたいと考えたのです。

さてこの作品には縦横無尽にウンコが登場致します。

それもあって、好き嫌いが極端に分かれる作品でもあるようです。

しかしあの時代において、肥溜めを書かなければ嘘になります。

とは言いながら、のびのび愉しんで書いた私が童心に戻り、ウンコ、ウンコと燥いでいる様を、温かい目で見てやってください。

担当さんによりますと、原稿を読んで下さった編集部、ならびに営業部の方々からお二方、これは読み切れないと匙を投げられたそうです。

「それくらいインパクトがある作品だという事ですよ」

あの時の担当さんの優しいお言葉は忘れようもありません。

そして出版不況にあって、よもやの文庫化！

これも望外の喜びです。

より多くの読者の皆様の手に渡ると思うと喜びに打ち震えます。

ファンタジーの体で書かれておりますが、体だけではなく、私は本気でこれをファンタジーと考えて書きました。

担当さんは単行本発売当時に「うんこファンタジー」という、やけくそとも思える惹句を付けて下さいました。

単行本の表紙には、作中に出てくる独鈷が採用されておりました。ほとんど物語には関係ない独鈷でございますが、さぞかし装丁家の方もご苦労されたのだろうと推察します。このあとがきを書いている時点では、どんな装丁になるのか、あるいはどんな惹句が添えられるのか、私は未だ存じ上げません。さぞかしご苦労されるのだろうなと、想像しながらワクワクしております。

この作品を支えて下さった担当者さん、文庫化に踏み切って頂いた双葉社さん、そしてこの本をお読み頂いたすべての読者の皆様に深く感謝申し上げます。

令和四年十月　赤松利市

・本書は二〇一九年七月に小社より刊行された単行本を
文庫化したものです。

双葉文庫

あ-67-02

純子《じゅんこ》

2022年11月13日　第1刷発行

【著者】
赤松利市《あかまつりいち》

【発行者】
箕浦克史
【発行所】
株式会社双葉社
〒162-8540 東京都新宿区東五軒町3番28号
［電話］03-5261-4818（営業部）　03-5261-4831（編集部）
www.futabasha.co.jp（双葉社の書籍・コミックが買えます）
【印刷所】
大日本印刷株式会社
【製本所】
大日本印刷株式会社
【カバー印刷】
株式会社久栄社
【DTP】
株式会社ビーワークス

【フォーマット・デザイン】
日下潤一

ISBN978-4-575-52616-5 C0193
Printed in Japan